Sarah Weeks

# AURORA

# und die Sache mit dem Glück

Sarah Weeks

# AURORA
## und die Sache mit dem Glück

Aus dem Englischen
von Brigitte Jakobeit

Hanser

Die Originalausgabe erschien 2018 unter dem Titel *Soof*
bei Scholastic Press, an imprint of Scholastic Inc.
Published by arrangement with Pippin Properties Inc. through
Rights People, London.

Erscheint als Hörbuch bei der Hörcompany,
gelesen von Julia Nachtmann.

HANSER hey! Schau vorbei und
teile dein Leseglück auf Instagram

1. Auflage 2022

ISBN 978-3-446-27249-1

Umschlag: formlabor, Hamburg
Motive: © Shutterstock.com / Bibadash, Mrs. Opossum,
serazetdinov, Sloth Astronaut, Timothy W. Stone
Satz im Verlag
Druck und Bindung: Friedrich Pustet, Regensburg
Printed in Germany

FSC www.fsc.org
MIX
Papier aus verantwortungsvollen Quellen
FSC® C014889

Für den Jungen aus dem Mittleren Westen,
der mich zu diesem Buch inspiriert hat.
Dies ist für dich.
SW

# 1

# Mehr, als ein Vogel das Singen liebt

Ich beobachtete ein weißes Kaninchen mit einem geknickten Ohr, das über einen riesigen Löffel mit Schlagsahne hüpfte. So jedenfalls sah es für mich aus. Den ganzen Vormittag hatte ich auf der Ladefläche des rostigen alten Pick-ups meines Vaters gelegen und die Wolken betrachtet. Irgendwann tippte ich mir mit der Fingerspitze ein-, zwei-, dreimal auf die Nase und wünschte, ich hätte daran gedacht, sie einzucremen.

»Aurora!«, hörte ich meine Mutter aus dem Haus rufen. »Mittagessen!«

»Ich komme!«, rief ich zurück, rührte mich aber nicht vom Fleck. Ich war damit beschäftigt zu beobachten, wie das Kaninchen sich in ein Mädchen mit einer bauschigen Schleife im Haar verwandelte. Wie Lindsey Toffle, ein Mädchen, das in der Schule vor mir saß. Manchmal trug sie auch so eine Schleife, die so groß war, dass ich mich zur Seite neigen musste, um die Tafel zu sehen.

Die Wolke fiel auseinander und zog davon, aber ich lag immer noch da und dachte an Lindsey Toffle. Sie war das beliebteste Mädchen in meiner Klasse und konnte mich nicht ausstehen. Vielleicht hatte es was damit zu tun, dass ich sie in der Vorschule mal gebissen hatte, aber das war a) lange her und hatte b) kaum eine Spur hinterlassen. Der eigentliche Grund, warum Lindsey Toffle mich nicht mochte, war, dass ich komisch war.

Wenn ich in der Schule den Flur entlangging, hüpfte ich manchmal nur so zum Spaß auf einem Bein oder flatterte mit den Armen, als wäre ich ein Vogel. Oder ich redete, auch nur zum Spaß, mit einem britischen Akzent oder in einer Sprache, die ich erfunden hatte und »Piepisch« nannte. Ich trug meine T-Shirts linksherum, weil mich die Etiketten sogar noch störten, nachdem meine Mutter sie herausgeschnitten hatte. Ich zählte gern Sachen, malte zwanghaft die Os in Worten aus und hatte die Angewohnheit, meine Sätze in zwei Teile zu gliedern, in a) und b).

»Aurora!«, rief meine Mutter wieder.

»Ich komme!«

Ich kletterte von der Ladefläche und klopfte den Staub ab. Duck buddelte wie verrückt ein Loch hinten im Garten, die Erde flog nur so zwischen seinen Hinterbeinen durch. Als ich durch die Zähne pfiff, hörte er auf zu graben und kam zu mir gerannt. Duck war der süßeste, klügste, treueste Hund auf der Welt, und als wäre das nicht schon Grund genug, ihn zu lieben, rochen die Innenseiten seiner Ohren nach Popcorn.

Ich zog die Fliegengittertür auf. »Nach dir, Boss«, sagte ich mit meiner tiefsten Stimme. Duck folgte mir in die Küche und ließ sich erwartungsvoll auf dem Boden neben meinem Stuhl nieder.

»Glaub nicht, ich wüsste nicht, dass ihr unter einer Decke steckt«, sagte meine Mutter, die einen Teller Tomatensuppe und ein halbes Sandwich mit gegrilltem Käse vor mich hinstellte. »Wenn ich für jeden Happen, den du ›zufällig‹ für diesen Hund auf den Boden hast fallen lassen, fünf Cent bekommen hätte, wäre ich eine reiche Frau.«

Mein Vater sagt, meine Mutter heiße Ruby, weil ihre Eltern sie nur angesehen und gewusst hätten, dass sie ein Juwel war. Es gefällt ihr, wenn er das sagt. Das merke ich daran, dass ihre Augen dann leuchten.

»Wie kommst du mit der Flickendecke voran?«, fragte ich und biss eine Ecke von meinem Sandwich ab. Ich hatte ein System – erst die Ecken, dann eine Reihe winziger, gleichmäßig gesetzter Bisse am oberen Rand, damit es aussah wie Wellen. Ich zählte insgesamt sechzehn Bisse, einschließlich der Ecken.

Die Decke war für Heidi, ein Mädchen, das vor meiner Geburt eine Zeit lang bei meinen Eltern gelebt hatte. Inzwischen war sie kein Mädchen mehr, sondern erwachsen und mit einem sehr großen Mann verheiratet, Paul. Die Decke war für das Baby, das Heidi erwartete, ein kleines Mädchen, das im Juli geboren werden sollte.

»Mit der Bordüre bin ich fast fertig«, sagte meine Mutter. »Ich weiß nicht, ob Heidi den Stoff wiedererkennt, aber er stammt von den Vorhängen, die früher im hinteren Zimmer hingen, das jetzt deines ist. Heidi hat dort geschlafen, als sie hier war.«

»Ich weiß«, sagte ich und klopfte ein-, zwei-, dreimal auf die Tischkante. Das Klopfen war auch so eine komische Angewohnheit von mir – immer dreimal, weil Drei meine Lieblingszahl war.

Ich hatte Heidi nie kennengelernt, aber jede Menge Geschichten über sie gehört. In einer ging es um Jelly Beans und in einer anderen um einen Penny, der im Staubsauger feststeckte. Dann gab es noch die von Heidis Mama, wie sie gelernt hatte, einen elektrischen Dosenöffner zu benutzen, und noch eine von Bernadette, Heidis Nachbarin, die mit meinem Vater darum gewettet hatte, dass Heidi zehnmal hintereinander eine Münze werfen und richtig auf Kopf oder Zahl tippen konnte. Ich hatte die Heidi-Geschichten so oft gehört, dass ich sie auswendig kannte, aber meine liebste war die über mich. Meine Mutter erzählte sie mir immer gleich:

*»Wir hatten sehr lange auf ein eigenes Kind gewartet und die Hoffnung schon so gut wie aufgegeben. Dann kam eines Tages aus heiterem Himmel eine Fremde in Liberty an. Sie hieß Heidi It. Von außen sah sie wie ein normales Mädchen aus, aber in ihrem Inneren hatte sie eine mächtige Glückssträhne, die sie wie ein Fluss durchströmte. Heidi blieb nicht sehr lange, aber ihr Besuch hat unser Leben für immer verändert. Bevor sie ging, gab sie ihre Glückssträhne an deinen Vater und mich weiter, und im folgenden Winter bist du an einem verschneiten Montag zur Welt gekommen.«*

Das war's. Die ganze Geschichte. Aber die Botschaft kam laut und klar bei mir an: Meinen Eltern war sehr viel Glück geschenkt worden, und sie hatten es ganz für den Wunsch aufgebraucht, mich zu bekommen.

Duck jaulte, um mich wissen zu lassen, dass er nicht mehr warten wollte.

»Piep-bup-piep-bup-bing-bing«, sagte ich.

»Übersetzung bitte«, erwiderte meine Mutter. Sie war es gewohnt, dass ich auf Piepisch mit ihr redete.

»Kann ich bitte etwas Milch haben?«, fragte ich.

Meine Mutter öffnete den Kühlschrank und holte eine Packung Milch heraus. Während sie mir den Rücken zudrehte, nutzte ich die Gelegenheit und ließ ein Stück Kruste für Duck auf den Boden fallen, das er rasch verschlang.

»Kaum zu glauben, dass Heidi alt genug ist, um ein Kind zu bekommen«, sagte meine Mutter wehmütig, als sie den Küchenschrank öffnete und ein hohes Glas mit einem fröhlichen Gänseblümchenmuster herausholte. »Mir kommt es vor, als hätte sie erst gestern an unserem Tisch gesessen und Blaubeerpfannkuchen gegessen.«

»Es waren keine Blaubeerpfannkuchen«, verbesserte ich sie. »Es waren normale Pfannkuchen mit Blaubeersirup.«

»Stimmt«, sagte sie. »Blaubeersirup.«

»Heidi war an dem Tag sauer auf Dad, weil er ohne sie nach Hilltop gefahren war. Später kam er zurück und holte sie, und danach hat sie ihren Großvater zum ersten Mal getroffen.«

Meine Mutter nickte und setzte das Glas zusammen mit

einer Multivitamintablette vor mir ab. Sie trug die Schürze, die ich ihr im Jahr davor zum Muttertag geschenkt hatte.

»Du brauchst mehr Vitamin D«, sagte sie. »Das ist wichtig für deine Knochen.«

»Keine Angst, Mom«, sagte ich und klopfte dreimal mit dem Finger auf die glänzende hellrote Tablette. »Meinen Knochen geht es gut.«

»Mütter sind dazu da, sich Sorgen zu machen«, erklärte sie, während sie mir Milch nachschenkte.

»Dad sieht das anders. Er sagt, sich Sorgen machen ist wie ein Schaukelstuhl. Ein Zeitvertreib, der zu nichts führt.«

Meine Mutter seufzte. Sie wollte nicht, dass Leute sie davon abhielten, sich Sorgen zu machen, besonders nicht mein Vater.

»Tu mir einen Gefallen und nimm bitte die Tablette«, sagte sie.

Während sie ihre Schürze abnahm und an einen Haken im Besenschrank hängte, warf ich mir die Tablette in den Mund und spülte sie mit drei raschen Schlucken Milch hinunter. Die Vorstellung, wie Heidi die Pfannkuchen aß, ließ mich an ihren Großvater denken, der damals das Heim geleitet hatte, wo meine Mutter vor meiner Geburt gearbeitet hatte.

»Thurman Hills Augen hatten denselben Blauton wie das Stück Meerglas, das Bernadette in ihrer Schmuckschatulle aufbewahrte«, rezitierte ich sachlich.

Meine Mutter drehte sich um und starrte mich an.

»Was ist denn?«, sagte ich. »Genau das hat Heidi gesagt, als sie ihn zum ersten Mal sah, oder?«

»Wort für Wort. Aber wie kommt es, dass du dich an so eine obskure Kleinigkeit erinnern kannst, aber vergisst, dich mit Sonnencreme einzuschmieren, bevor du rausgehst?«

»Tut mir leid, Mom«, sagte ich und knabberte eine neue Reihe von Wellen in den Rand meines Sandwichs.

»Heute Nachmittag besorge ich Aloe-Lotion in der Drogerie«, sagte meine Mutter.

»Konntest du sofort erkennen, dass Heidi eine Glückssträhne hat, als du sie gesehen hast?«, fragte ich, als ich das Ende der Reihe erreicht hatte. Vierzehn Bisse diesmal, weil die Ecken schon weg waren.

»Nein«, antwortete meine Mutter. »Aber es ist gut, dass sie eine hatte, weil es dich sonst nicht gäbe.«

Meine Mutter machte das immer – sie brachte meine Geschichte mit Heidis in Verbindung. Meistens störte mich das nicht. Aber manchmal fragte ich mich, wie es wohl wäre, wenn ich eine Geschichte hätte, die nur mir gehören würde, und nicht eine, die ich mit einem Mädchen teilen musste, dem ich noch nie begegnet war.

Ich schluckte den letzten Löffel Suppe hinunter, als mein Vater mit einer Plastiktüte voller tiefgefrorener Bitterfische in die Küche kam. Er trug noch seine Uniform, aber seinen Hut hatte er im Auto gelassen.

»Du hast hoffentlich nicht vor, die Fische in mein Gefrierfach zu legen, Roy Franklin«, sagte meine Mutter drohend.

»Sie sind doppelt eingetütet, Rube«, sagte er und küsste sie auf die Wange. »Glaub mir, die stinken nicht. Außerdem ist es nur bis morgen früh. Rory und ich gehen ganz früh zum See, stimmt's, Baby Girl?«

Mein Vater war der Sheriff von Liberty. Er war groß und attraktiv, und er hatte einen dicken braunen Schnurrbart, weswegen es manchmal schwer war zu erkennen, ob er etwas ernst meinte oder einen aufzog. Wenn er im Dienst war, trug er eine Pistole in einem Halfter und ein Paar Handschellen am Gürtel. Außerdem trug er einen großen grauen Hut und einen Goldstern, und wenn er in einen Raum trat oder in seinem schwarzweißen Streifenwagen die Straße entlangfuhr, merkte man genau, dass Fremde ein bisschen Angst vor ihm hatten. Aber jeder, der ihn wirklich kannte, wusste, dass unter diesem glänzenden Goldstern ein Herz verborgen lag, das so weich und warm war wie die Brötchen im Liberty Diner.

»Darf Duck auch mitkommen?«, fragte ich.

»Auf keinen Fall. Er verscheucht die Fische«, erwiderte mein Vater, während er das Kühlfach öffnete und die Tüte mit den Bitterfischen hineinwarf.

»Roy!«, schimpfte meine Mutter und schlug im Scherz mit dem Geschirrtuch nach ihm. »Was habe ich vorhin gesagt?«

Er grinste und wich geschickt aus.

»Glaub mir, Rube, das ist das kleinere Übel«, sagte er und tänzelte von ihr weg. »Das Einzige, was mehr stinkt als ein gefrorener Bitterfisch, ist ein aufgetauter.«

Sie lachte und schlug wieder mit dem Geschirrtuch nach ihm.

»Rette mich, Rory!«, rief mein Vater und sprang in gespielter Angst hinter meinen Stuhl.

»Nur wenn Duck morgen zum Angeln mitkommen darf«, sagte ich. »Stimmt's, mein Kleiner?«

Duck warf den Kopf zurück und jaulte zustimmend.

Meine Mutter schnippte noch einmal mit dem Handtuch. Diesmal wich mein Vater nicht aus, sondern streckte die Hand aus, packte das Ende und zog sie an sich.

»Familienumarmung!«, rief er, und ich sprang auf und ging zu ihnen. Wir umarmten uns zu dritt, und Duck jaulte wieder, worüber wir alle lachen mussten.

Wenn ich heute an diesen Augenblick zurückdenke – wir alle zusammen in der Küche –, trägt die Erinnerung einen goldenen Schimmer, wie ein Rahmen um ein Bild. Es war nichts Außergewöhnliches. Wir waren eine eng verbundene Familie, aber es stand etwas bevor, das meine Welt ins Wanken geraten lassen würde, und alles fing mit Lindsey Toffles silbernem Bettelarmband an.

# 2

## Mehr, als ein Fisch das Schwimmen liebt

Hast du das gesehen, Rube?«, fragte mein Vater am nächsten Morgen und zeigte auf einen Artikel auf der Titelseite der Sonntagszeitung. »Das Hilltop Home wird abgerissen.«

»Wie schade«, sagte meine Mutter, die über seine Schulter das Bild betrachtete. »Früher war es so ein schönes Haus.«

Mein Vater brummte.

»Hier steht, dass noch ein Dollar General Store dorthin kommt. Als ob wir den brauchen.«

»Möchtest du noch Kaffee, Roy?«, fragte meine Mutter. »Ich kann noch eine Kanne machen.«

Ich war schon seit Stunden wach und angezogen.

»Hast du nicht gesagt, wir wollen ganz früh los, Dad?«, grummelte ich. »Es ist schon fast acht.«

Mein Vater faltete die Zeitung zusammen und schob seinen Stuhl zurück.

»Du nimmst die Bitterfische, Baby Girl, und ich hole die Ruten«, sagte er.

Ich half ihm, den Angelkasten, das Netz und andere Geräte auf die Ladefläche des Pick-ups zu laden, und in Rekordzeit rollten wir die Einfahrt hinunter.

»Viel Spaß euch beiden!«, rief uns meine Mutter von der Haustür aus hinterher.

»Du meinst, uns *dreien*!«, rief ich zurück und zeigte auf Duck, während ich aus dem offenen Fenster winkte.

Zwanzig Minuten später saßen wir in einem Ruderboot und beobachteten unsere rot-weißen Schwimmer auf dem glitzernden grünen Wasser des Bartlett Lake. Duck hielt am Bug Ausschau und schnappte nach vorbeifliegenden Pferdebremsen.

»Deine Mutter meinte, dass sie gestern Abend am Haus der Toffles vorbeigefahren ist«, sagte mein Vater, während er die Bremse an seiner Angelrolle öffnete und etwas mehr Leine gab. »Angeblich sah es so aus, als hätte dort eine Party stattgefunden.«

»Lindsey hatte gestern Geburtstag«, erklärte ich.

»Dachte ich mir schon. Und wieso warst du nicht eingeladen?«

»War ich doch«, sagte ich zu ihm. »Ich hatte nur keine Lust hinzugehen.«

Zuerst hatte ich mich gefreut, als ich den rosa Umschlag auf meinem Pult liegen sah. Ich war noch nie auf eine von Lindseys Partys eingeladen worden.

Diesmal sollte die ganze Klasse kommen, sogar die Jungs. Angeblich gab es einen DJ und einen Schokoladenbrunnen, um Erdbeeren darin einzutauchen – im Fernsehen hatte ich mal eine Werbung dafür gesehen und freute mich schon riesig, es auszuprobieren. Im Turnunterricht hörte ich dann mit, wie Lindsey einer ihrer Freundinnen erzählte, sie hätte mich nur eingeladen, weil ihre Mutter sie dazu gezwungen hatte. Als wir wieder im Klassenzimmer waren, zerriss ich die Einladung und warf sie weg. Selbst die Aussicht auf Erdbeeren mit Schokolade reichte mir nicht aus, irgendwohin zu gehen, wo ich eigentlich nicht erwünscht war.

Bei meinem Vater biss etwas an, aber als er die Leine einholte, hing nur ein Gewirr aus glibberigen grünen Algen am Haken.

»Sieht aus, als gäbe es heute Salat zum Abendessen«, sagte er.

Ich lachte.

»Selbst wenn wir einen Fisch fangen würden, würden wir ihn nicht mit nach Hause nehmen«, sagte ich. »Mom würde einen Anfall kriegen. Ich glaube, sie macht heute Abend Hackbraten mit Kartoffelpüree.«

»Ich weiß«, sagte mein Vater. »War nur ein Scherz.«

Eine Zeit lang schwiegen wir beide, und das Wasser platschte sanft an die Bootsflanken. Dann räusperte sich Dad, und mir war klar, dass gleich etwas kommen würde.

»Wie läuft's in der Schule?«, fragte er.

»Normal«, antwortete ich vorsichtig.

»Nichts Neues?«

»Danny Lebson war diese Woche krank, darum bin ich jetzt

die Einzige mit einer lückenlosen Anwesenheitsliste. Mr Taylor sagt, wenn das so bleibt, backt er mir am letzten Tag einen Kirschkuchen.«

»Das ist schön«, erwiderte mein Vater, aber es war klar, dass ihn noch etwas beschäftigte. »Hab ich dir schon mal erzählt, dass man mich wegen meiner Zähne aufgezogen hat, als ich in deinem Alter war?«

»Für mich sehen sie gut aus«, sagte ich.

»Klar, inzwischen schon, aber bevor ich eine Zahnspange bekam, gab es da diesen Jungen in meinem Viertel, Stevie Pritchett, der mich immer Friedhof-Franklin nannte.«

»Und wieso?«

»Er sagte, meine Zähne sind so schief, dass mein Mund aussieht wie ein Friedhof voller alter Grabsteine, die sich in sämtliche Richtungen neigen.«

»Das war gemein«, sagte ich.

Er nickte und musterte mich. »Kinder sind manchmal ziemlich gemein.«

Ich seufzte. Da war es. Das Etwas, das ich kommen gespürt hatte.

»Führen wir jetzt gleich ein Mom-Gespräch?«, fragte ich.

»Was ist ein Mom-Gespräch?«

»Das weißt du genau. Sie fragt mich dann, ob die Kinder in der Schule auf mir herumhacken, weil ich komisch bin, und ich sage dann: ›Nein, sie ignorieren mich nur‹, und sie fragt, ob mich das nicht verletzt, und ich sage: ›Nicht wirklich‹, aber sie glaubt mir nicht und fragt noch mal, worauf ich ihr versichere, dass ich daran gewöhnt bin, und dann wirkt sie sehr traurig.«

Am Gesicht meines Vaters konnte ich ablesen, dass er wusste, wovon ich redete.

»Deine Mutter und ich möchten halt, dass du glücklich bist«, sagte er.

Du lieber Himmel. Ich war daran gewöhnt, dass meine Mutter viel Wirbel um mich machte, aber jetzt mischte mein Vater auch noch mit?

»Hör zu, Dad«, sagte ich zu ihm. »Ihr dürft euch nicht ständig Sorgen machen, das ist einfach *zu viel.* Wenn sich zum Beispiel der Schnee auf unserem Dach türmt und du musst hochsteigen und ihn runterschaufeln, dann darf Mom sich Sorgen machen, weil sie nicht anders kann. Aber du musst der Normale sein, der sich nicht über alles aufregt.«

»Ich werd's versuchen«, sagte er. »Darf ich meine Geschichte jetzt zu Ende erzählen?«

Ich zuckte die Schultern, und er fuhr fort.

»Eines Tages auf dem Heimweg von der Schule kam mir Stevie Pritchett auf der Straße entgegen. An seiner Miene sah ich genau, dass er sich eine gemeine Bemerkung ausdachte, aber statt umzudrehen oder die Straßenseite zu wechseln, hab ich in meine Tasche gegriffen und ein Päckchen Wrigley's rausgeholt.«

»Was ist Wrigley's?«

»Kaugummi.«

»Und warum heißt er Wrigley's?«

»Darum geht es nicht«, sagte mein Vater. »Jedenfalls war noch ein Streifen in der Packung, und den hab ich Stevie angeboten und ihn gefragt, ob er ihn möchte. Er war überrascht, aber er hat den Kaugummi genommen, mir gedankt und ist weitergegangen.«

»Lass mich raten, Dad. Danach sind du und Stevie Pritchett beste Freunde geworden.«

»Vielleicht nicht *beste* Freunde, aber bestimmt Freunde«, sagte er.

»Wo ist er jetzt?«, fragte ich.

»Ich weiß nicht. Nach der Highschool zog seine Familie weg, und danach haben wir uns aus den Augen verloren.«

»Wäre es nicht lustig, wenn Stevie Pritchett später Kieferorthopäde geworden wäre?«

»Hä?« Mein Vater neigte den Kopf zur Seite.

»Wegen seiner Bemerkung über deine schiefen Zähne«, erklärte ich. »Kapiert?«

Bevor er antworten konnte, spürte ich einen Ruck, und die Spitze meiner Angelrute bog sich so weit nach unten, dass ich schon dachte, sie bricht ab. Ich wusste, was zu tun war. Ich zog die Ellbogen zurück und riss die Leine hoch und zur Seite, damit der Haken sich festsetzte.

»Gut gemacht, Rory!«, rief mein Vater und griff nach dem Netz. »Und jetzt schön langsam die Leine einholen. Sieht so aus, als hättest du einen Riesenoschi am Haken!«

Der Fisch wehrte sich wie verrückt, aber ich wartete, bis er müde wurde, damit das Landen leichter wäre. Als er nah genug war und wir ihn sehen konnten, neigte sich mein Vater über den Bootsrand und holte ihn hoch.

»Was ist das?«, fragte ich und verzog angesichts des grässlichen braunen Dings, das im Netz herumzappelte, angewidert die Nase.

»Ein Katzenwels«, sagte mein Vater. »Ich schätze, dreieinhalb Kilo.«

Duck war so aufgeregt, dass er uns bei dem Versuch, den Fisch zu beschnuppern, fast zum Kentern brachte.

»Was sind das für widerliche Dinger in seinem Gesicht?«, fragte ich.

»Barteln«, antwortete mein Vater. »Die tun nicht weh, aber vor den Flossen musst du dich in Acht nehmen. Besonders vor der Rückenflosse mit ihren Stacheln. Die sind scharf wie sonst was.«

»Woher weißt du, dass es ein Er ist und keine Sie?«, fragte ich. »Wegen der Barteln?«

»Nein, alle Katzenwelse haben Barteln, aber die Männchen haben einen größeren Kopf, und ihr Körper ist schmaler.«

Leider hatte der Katzenwels den Haken geschluckt, deshalb musste mein Vater ihn mit einer kleinen Zange herausziehen. Ich wusste nicht, dass Fische reden konnten, aber dieser wehrte sich mit einem schrecklichen lauten Bellen, bis der Haken schließlich draußen war und mein Vater ihn wieder ins Wasser warf. Duck war inzwischen so aus dem Häuschen, dass ich dachte, er springt gleich hinterher.

»Ganz ruhig, Junge«, sagte ich, packte ihn am Halsband

und zog ihn vom Bootsrand weg. »Denk dran, du bist kein Hundebaby mehr.«

Wir wussten nicht genau, wie alt Duck war. Er musste mindestens neun sein, denn ich war drei Jahre alt, als er zu uns kam. Es war ein paar Tage vor Weihnachten, und mein Vater wollte gerade die Polizeiwache verlassen, als jemand mit einem Streuner auftauchte, den er auf der Route 52 hatte herumlaufen sehen. Der Hund hatte weder ein Halsband noch Marken, und da im Tierheim in Rock Hill niemand ans Telefon ging, kam mein Vater zu dem Schluss, dass er ihn wohl oder übel mit nach Hause nehmen musste.

»Duck!«, verkündete ich in dem Moment, als ich ihn sah.

Meine Mutter war wie angewurzelt stehen geblieben.

»Hast du das gehört, Roy?«, rief sie.

Die meisten Kleinkinder können schon ganze Sätze sagen, wenn sie drei sind, aber ich hatte alles langsamer gelernt, einschließlich sprechen.

»Duck, Duck, Duck!«, rief ich, während meine Mutter entzückt in die Hände klatschte.

Es blieb bei dem Namen, und als niemand auftauchte, um ihn abzuholen, wurde Duck ein offizielles Mitglied der Familie Franklin. Da er nicht auf unsere Möbel durfte, schlief er auf einem Flickenteppich in der Küche. Wenn meine Eltern im Bett lagen, schlich ich oft aus meinem Zimmer und leistete ihm Gesellschaft. Am Morgen fand meine Mutter uns dann tief schlafend zusammen eingerollt auf dem Teppich.

Ich hatte keine Ahnung, was Duck die ganze Zeit machte,

während ich in der Schule war, aber wenn ich nach Hause kam, wartete er immer an der Tür auf mich. Ich hätte ihn unheimlich gern mit zur Schule genommen. Die Cafeteria hätte ihm gefallen, weil die Schüler alles Mögliche auf den Boden fallen ließen. Außerdem hätte er mir Gesellschaft leisten können. Ihm war es egal, ob ich genug Freunde hatte oder ob ich mich mit Sonnencreme einschmierte, und ich wurde nicht sauer auf ihn, wenn er sich in etwas Stinkendem wälzte oder er beim Angeln das Boot fast zum Kentern brachte.

Der hässliche alte Katzenwels war unser einziger Fang an diesem Vormittag am Bartlett Lake, aber das machte nichts. Ich freute mich, mit Duck dort zu sein und ein bisschen Zeit mit meinem Vater allein zu haben. Morgens war er meistens schon weg, wenn ich aufstand, und wenn er abends nach Hause kam, schlief ich oft schon. Mit ihm zu reden war einfach, und wir brachten uns gern gegenseitig zum Lachen. Nach dem Angeln zogen wir das Boot an Land und packten die Ruder hinein, so wie meine Mutter immer die Flügelspitzen eines Truthahns nach unten steckte, damit sie beim Braten nicht austrockneten. Mein Vater warf den Anker – eine alte, mit Beton gefüllte Kaffeedose – auf den Boden und legte eine verschossene blaue Abdeckplane über das Boot.

»Die ist schief«, sagte ich und zeigte auf eine Ecke der Plane, die auf einer Seite etwas tiefer hing als auf der anderen.

»Gut genug?«, fragte er und zog ein bisschen.

Ich nickte und tippte mir ein-, zwei-, dreimal auf die Nasenspitze.

»Dad, wenn ich dich was frage, versprichst du, mir eine ehrliche Antwort zu geben?«, sagte ich, während wir die Sachen auf die Ladefläche des Pick-ups luden. »War es Moms Idee, dass du mir die Geschichte über Stevie Pritchett erzählst?«

Mein Vater ließ den Kopf hängen.

»Vielleicht«, sagte er verlegen.

»Ich wusste es!«

»Sie war besorgt, dass du gekränkt sein könntest, wenn du erfährst, dass du nicht zu Lindseys Geburtstag eingeladen warst.«

»Aber ich war doch eingeladen«, sagte ich.

»Ich weiß. Und nächstes Mal gehst du vielleicht hin. Die beste Möglichkeit, Freunde zu finden, ist ein Freund zu sein.«

»So wie du und Stevie Pritchett?«

»So wie ich und Stevie Pritchett.«

»Das machen wir ganz bald wieder, Baby Girl«, sagte mein Vater ein paar Minuten später, als wir in den Wagen stiegen.

»Okay«, erwiderte ich. »Und Duck auch, ja? Du musst zugeben, er war brav. Stimmt's, Duckie?«

Ich tätschelte seinen weichen schwarzen Kopf, und er schloss glücklich die Augen. Jeder, der behauptet, dass ein Hund nicht lächeln kann, hat keine Ahnung, wovon er redet.

Auf der Rückfahrt drehten wir das Radio laut, sangen aus vollem Halse mit und erfanden alberne Texte zu den Songs, die wir nicht kannten. Duck lag auf dem Sitz zwischen uns und döste friedlich.

Ich liebte diesen Hund so sehr, dass es manchmal wehtat. Er war mein bester Freund. Ich konnte mir überhaupt nicht vorstellen, wie das Leben ohne ihn wäre.

# 3

# Mehr, als eine Glocke das Läuten liebt

Am Montagmorgen schlenderte Lindsey Toffle in die Klasse und trug ein silbernes Bettelarmband, das ihre Großmutter ihr zum Geburtstag geschenkt hatte. Es stammte aus einem Schmuckladen in New York, und Lindsey hörte gar nicht mehr auf, damit anzugeben, wie viel es wohl gekostet hatte.

Während der Lesezeit nahm sie das Armband ab und legte es auf ihr Pult, bevor sie auf die Toilette ging. Ich konnte nicht widerstehen und hob es auf. Ich hatte nicht vor, es zu stehlen – ich wollte nur die Anhänger von Nahem sehen. Ein kleines Seepferdchen, ein Wunschknochen, eine Tasse mit Teller, ein Herz mit einem durchgeschossenen Pfeil, eine Musiknote und eine winzige silberne Glocke, und alle baumelten wie Tautropfen in einem Spinnennetz.

»Wer hat gesagt, dass du das anfassen darfst?«, schrie Lindsey, als sie zurückkam, und entriss mir das Armband. Bevor sie es wieder anlegte, berührte sie jeden einzelnen Anhänger, um sich zu vergewissern, dass keiner fehlte.

In der Pause sah ich etwas Glänzendes auf dem Boden liegen. Ich bückte mich, um es mir genauer anzusehen – es war die kleine silberne Glocke. Wahrscheinlich hatte sie sich gelöst und war irgendwie von der Kette gefallen. Seit mein Vater mir die Geschichte von Stevie Pritchett erzählt hatte, fragte ich mich, wie es wohl wäre, wenn ich außer Duck noch einen Freund hätte. Jemanden, mit dem ich reden könnte und der mit mir reden würde. Vielleicht wäre die silberne Glocke mein Streifen Kaugummi. Wenn ich Lindsey den Anhänger zurückgab, sah sie vielleicht ein, dass ich gar nicht so übel war, und wollte meine Freundin sein. Vielleicht wären wir sogar beste Freundinnen, wenn wir im Herbst mit der Mittelstufe anfingen. Ich war so aufgeregt, dass ich kaum atmen konnte.

Laut meiner Mutter hatte ich mich schon immer von anderen Kindern unterschieden. Als ich ein Baby war, reagierte ich empfindlich auf laute Geräusche, ich brüllte und hielt mir immer die Ohren zu, wenn im Supermarkt Ansagen über den Lautsprecher kamen. Meine Mutter kaufte mir die kleinsten schalldichten Kopfhörer, die sie auftreiben konnte, und ich trug sie, wenn wir einkaufen gingen oder wenn sie den Küchenmixer oder den Staubsauger benutzte.

Da es in unserem Viertel keine anderen Kinder in meinem Alter gab, packte meine Mutter Snacks und Sandspielsachen in eine Tasche und fuhr mit mir ein paar Kilometer weiter zu einem Spielplatz. Als Einzelkind war ich es nicht gewohnt, andere Kinder um mich zu haben, und ich mochte sie auch nicht besonders. Meine Mutter wachte über mich wie ein Adler.

Wenn ich ein kleines Mädchen schubste, das mir im Sandkasten zu nahe kam, oder einen älteren Jungen anknurrte, der mich die Leiter zur Rutsche hochhetzen wollte, eilte sie herbei, um einzugreifen, und erklärte jedem, der zuhörte, dass ich niemandem schaden wollte und es mir nur um meinen Wohlfühlabstand ging.

Ich konnte nicht gut mit anderen teilen, und wenn jemand meine Sachen anfassen wollte, bekam ich einen Wutanfall und trat und schlug um mich. Irgendwann mieden uns die Leute und holten ihre Kinder aus dem Sandkasten oder von den Schaukeln, wenn sie uns kommen sahen. Ich spielte unheimlich gern allein, eigentlich war mir das sogar lieber, aber für meine Mutter war es hart. Sie fuhr mit mir nicht mehr zu dem Spielplatz, sondern kaufte eine Schaukel und einen Sandkasten, um beides in unserem Garten aufzustellen.

Als ich fünf wurde, erklärte meine Mutter meinem Vater, sie halte es für das Beste, mich zu Hause zu unterrichten.

»Heidi hatte auch Hausunterricht, und du weißt, wie gut sie sich entwickelt hat«, sagte sie.

Mir wäre nichts lieber gewesen, als den ganzen Tag bei meiner Mutter und Duck zu sein, aber mein Vater sprach ein Machtwort.

»Sie wird nie lernen, auf eigenen Füßen zu stehen, wenn du immer da bist, um sie aufzufangen, bevor sie fällt«, sagte er zu ihr.

Ich weinte nicht, als meine Mutter mich am ersten Tag in

der Vorschule absetzte, aber die Telefonanrufe nach Hause folgten fast sofort. Ich hatte nicht nur Lindsey Toffle während des Stuhlkreises gebissen, ich bekam auch bei der geringsten Kleinigkeit Tobsuchtsanfälle. Außerdem war ich eine gute Läuferin.

Unser Haus war über fünfzehn Kilometer von der Vorschule entfernt, was mich aber nicht davon abhielt zu versuchen, dorthin zu kommen. Wenn etwas nicht nach meinem Willen lief, rannte ich weg, ohne mich ein einziges Mal umzudrehen. Ich lief zwar nicht schneller als ein Erwachsener, aber ich brachte mit Sicherheit einige aus der Puste. Sobald mich jemand entdeckte, schrie er: »Aurora rennt weg!« Ein paar Minuten später wurde ich zurückgeschleppt und zum Büro der Direktorin geführt. In diesem ersten Jahr verbrachte ich viele »Auszeiten« im Büro der Direktorin und unterhielt mich mit Mrs Strawgate, der Vertrauenslehrerin. Sie empfahl meinen Eltern, mich testen zu lassen.

»Warum?«, fragte mein Vater. »Rory liest schon ganze Bücher, und sie ist erst fünf.«

Meine Mutter drückte beschwichtigend seinen Arm.

»Schaden kann es nicht, Roy«, sagte sie.

Ich wurde einem IQ-Test unterzogen, zusammen mit einer Reihe anderer Tests, die ich alle mit Bravour bestand.

»Sieht aus, als hätten wir es mit einem kleinen Genie zu tun, Rube«, sagte mein Vater stolz.

Gegen Ende des Jahres lief ich nicht mehr davon und hatte gelernt, meine Wut zu kontrollieren, aber der Schaden war schon angerichtet. Liberty ist eine kleine Stadt. In meiner Klasse waren nur fünfzehn Kinder, und eins davon hatte ich gebissen. Ihre Meinung über mich stand fest.

Im folgenden Jahr erwähnte Mrs Rattner, meine Lehrerin in der ersten Klasse, beim Elternsprechtag, dass ich am liebsten allein spielte und ihr aufgefallen war, dass ich oft meine Nase berührte und manchmal Selbstgespräche führte.

Später am Abend verkündete meine Mutter meinem Vater, sie hätte einen Termin für mich bei einem Psychologen gemacht, den sie in Middletown gefunden hatte.

»Das ist nicht dein Ernst, Rube«, sagte mein Vater. »Sie ist noch ein Kind.«

Als meine Mutter beschwichtigend seinen Arm drückte, war ihm klar, dass er nichts daran ändern konnte.

Dr. Harris' Büro roch nach einer Mischung aus Salami und Schweiß. Wir spielten das Leiterspiel, während er mir jede Menge Fragen stellte.

»Was gefällt dir am besten an der Schule, Aurora?«

»Nach Hause gehen«, antwortete ich.

»Und was gefällt dir am zweitbesten?«

»Der Trinkbrunnen.«

»Wieso das?«

»a) Das Wasser ist richtig kalt, und b) wenn man den Knopf zu fest drückt, spritzt einem das Wasser ins Gesicht. Und falls Sie sich fragen, am drittbesten gefällt mir Henrietta und am viertbesten Gordon.«

»Gehen Henrietta und Gordon in deine Klasse?«, fragte Dr. Harris.

Ich kicherte. Henrietta war ein Kaninchen, das im Büro der Direktorin lebte, und Gordon war der Hausmeister.

»Er hat eine lange Stange mit einem Tennisball an der Spitze, um Schrammen vom Boden zu entfernen«, erklärte ich. »Einmal habe ich es probieren dürfen. Am liebsten isst er Käseaufstrich mit Piment und ich Waffeln. Was essen Sie am liebsten?«

»Schwarze Oliven«, antwortete Dr. Harris und schrieb etwas in sein Notizbuch.

Als wir fertig waren, bat Dr. Harris meine Mutter zu uns ins Büro.

»Wie ist es gelaufen?« Sie saß ganz vorn auf der Sofakante, und ihre Hände flatterten auf ihrem Schoß wie zwei nervöse kleine Vögel.

»Aurora ist sehr klug«, sagte Dr. Harris zu meiner Mutter. »Sie ist sprachgewandt und hat einen herrlichen Sinn für Humor, aber wie viele Einzelkinder fühlt sie sich in der Umgebung von Erwachsenen wohler als in der von Kindern.«

»Glauben Sie denn, Sie können ihr helfen?«, fragte meine Mutter.

»Bei was helfen?«, protestierte ich. »Ich bin erst sechs und hab beim Leiterspiel zweimal gegen ihn gewonnen!«

Dr. Harris lachte.

»Nun, Therapie kann ein langer, komplizierter Prozess

sein, Mrs Franklin«, erklärte er meiner Mutter. »Aurora tanzt eindeutig nach ihrer eigenen Pfeife, aber auf mich wirkt sie ziemlich glücklich.«

»Ich wäre glücklicher, wenn Duck hier wäre«, sagte ich. »Aber dann würde er vielleicht seinen Hintern an Ihrem Teppich reiben.«

»Auroras Lehrerin hat den Eindruck, dass sie sich von ihren Mitschülern isoliert«, erklärte meine Mutter. »Außerdem hat sie ein paar seltsame Angewohnheiten.«

»Ja, das Tippen und Klopfen ist mir aufgefallen«, sagte Dr. Harris. »Repetitive Verhaltensweisen sind oft eine Reaktion auf Stress.«

Allmählich langweilte mich die Unterhaltung.

»Darf ich Ihre Os ausmalen?«, fragte ich und zeigte auf einen Zeitschriftenstapel, der auf Dr. Harris' Schreibtisch lag.

Er wirkte verwirrt.

»Meine was?«

Meine Mutter öffnete ihre Handtasche und holte einen Kugelschreiber heraus.

»Darf ich?«, fragte sie und griff nach einer Ausgabe von *Psychologie heute*, die ganz oben lag. »Dann ist sie beschäftigt, während wir weiterreden.«

Ich legte mich auf den Teppich und malte die zwei glänzenden Os auf dem Titel aus, während meine Mutter schließlich den Mut aufbrachte, eine Frage zu stellen, die sie die ganze Nacht wach gehalten hatte.

»Ich habe früher mal in Liberty in einem Heim namens

Hilltop Home gearbeitet. Vielleicht haben Sie davon gehört?«, setzte sie an. »Wir hatten häufiger Autisten und Menschen mit Asperger-Syndrom als Patienten, deshalb sind mir die Anzeichen bekannt. Ich habe mich oft gefragt – ich meine, wie wir schon am Telefon besprochen haben, hatte Aurora erhebliche Entwicklungsverzögerungen, und sie zeigt andere auffällige Verhaltensweisen. Halten Sie es für möglich, dass sie ...«

»Autistisch ist?«, sagte Dr. Harris. »Nein, glaube ich nicht.«

»Warum sind Sie sich so sicher?«, fragte meine Mutter. Ihre Stimme klang unsicher, als könnte sie gleich anfangen zu weinen.

»Ihre Interaktion mit mir war vollkommen angemessen, Mrs Franklin. Sie war bei der Sache, hat Augenkontakt gesucht, hatte einen Tonfall in der Stimme.«

»Wenn es nicht ASS ist, was dann?«, sagte meine Mutter. »Zwangsstörung? ADS? Etwas muss es doch sein.«

Ich blickte von meiner Zeitschrift auf.

»Bist du wütend, Mom?«, fragte ich. »Du klingst nämlich wütend.«

»Nein, Schätzchen, ich bin nicht wütend. Nur enttäuscht.« Sie drehte sich wieder zu Dr. Harris. »Ich will nur das Beste für meine Tochter. Rechtzeitige Behandlung ist entscheidend. Ihnen ist doch klar, dass sie ohne Diagnose keinerlei Leistungen erhält.«

»Die Leute haben es heutzutage furchtbar eilig, jeden mit einem Etikett zu versehen, der nicht ganz ins Bild passt«, erwiderte er. »Nicht alles hat einen Namen.«

»Ich schon«, sagte ich und setzte die letzten Pünktchen in ein hübsches rundes O, das ich in einer Werbung für Tabletten gefunden hatte. »Aurora.«

Meine Mutter suchte noch zwei weitere Psychologen und einen Beschäftigungstherapeuten mit mir auf, die allesamt zu dem gleichen Schluss kamen: Ich war sonderbar, aber nicht autistisch. Außerdem wurde ich langsam richtig gut im Leiterspiel.

»Genug ist genug«, sagte mein Vater, als er die Rechnungen sah. »Keine Tests mehr, keine Seelenklempner mehr. Sie ist, wer sie ist, Rube. Lass es sein.«

Ich hatte immer im Mittelpunkt der Aufmerksamkeit meiner Mutter gestanden. Wir standen uns sehr nahe. Sie liebte mich von ganzem Herzen, und ich tat alles, um ihr zu gefallen, auch wenn das hieß, dass ich mich mit jemandem anzufreunden versuchte, der von vornherein klargemacht hatte, dass er mich nicht mochte. Ich hatte Lindsey Toffle damals in der Vorschule gebissen, weil sie mir gesagt hatte, ich dürfe nicht neben ihr auf dem Teppich sitzen, weil ich hässlich wäre. Als ich jetzt mit Lindseys silbernem Anhänger in der Hand über den Pausenhof lief, war ich voller Hoffnung.

Lindsey und ihre Freundinnen spielten Foursquare mit einem Gummiball in einem mit Kreide gezeichneten Feld und schlugen mit ihren Handflächen schnell durch die Luft, damit der Ball aufsprang und sich drehte. Wenn mein Plan funktionierte, könnte ich diesen Ball auch bald hin und her springen lassen.

»Was willst du?«, fragte Lindsey, als sie sah, wie ich dastand und sie beobachtete.

Plötzlich war ich nervös.

»Ich wollte nur ... Ich dachte, dass du vielleicht ...«, stammelte ich.

»Dass ich vielleicht was?«, fragte Lindsey und schlug den Ball so fest, dass er außerhalb der Linie aufkam. »Das gilt nicht! Ich darf noch mal. Aurora hat mich abgelenkt.«

»Lindsey?«, sagte ich und trat einen Schritt vor.

»Was willst du?«, fuhr sie mich an und wirbelte auf dem Absatz zu mir herum. »Siehst du nicht, dass ich beschäftigt bin?«

»Ich dachte, es interessiert dich vielleicht – ich meine, ich wollte dir sagen, dass du –«

»Mir was sagen? Dass du verrückt bist?«, sagte sie.

Dann verdrehte sie die Augen und klopfte sich mit dem Finger dreimal auf die Nase.

Der fiese Ausdruck auf ihrem Gesicht erinnerte mich an den hässlichen alten Katzenwels. Nur die Barthaare fehlten.

Lindseys Freundinnen hatten aufgehört zu spielen. Sie beobachteten uns jetzt und flüsterten hinter vorgehaltenen Händen miteinander und lachten. Eine kleine Gruppe scharte sich zusammen. Wie die meisten Fieslinge liebte Lindsey Toffle ein Publikum.

»Hey, Aurora Franklin!«, schrie sie mir zu. »Willst du nicht allen noch mal deine geblümte Unterhose zeigen?«

Mir war klar, ich sollte besser gehen, aber ich konnte mich nicht rühren. Es war, als hätten meine Füße Wurzeln geschlagen. Ich wollte Lindsey sagen, dass ich a) dank ihr keine geblümten Unterhosen mehr trug und ich b) nie vorgehabt hatte, sie jemandem zu zeigen. Wir waren in der zweiten Klasse gewesen, als es passierte. Eines Tages hatte ich in der Pause allein auf dem Klettergerüst herumgeturnt. Nachdem ich meine Knie über eine Stange gehakt hatte, ließ ich meine Hände los und vergaß, dass ich ein Kleid anhatte. Bevor ich's mich versah, hing mir das Kleid über den Ohren, und Lindsey Toffle lachte sich kaputt und forderte alle auf, zu kommen und sich meine Unterhose anzusehen.

Als ich an dem Tag von der Schule nach Hause kam, sagte ich meiner Mutter, dass ich neue Unterwäsche brauchte.

»Ich hab dir erst letzte Woche drei Garnituren gekauft«, sagte sie. »Gelb mit rosa Rosen. Sie sind in der obersten Schublade, Schätzchen.«

»Ab jetzt will ich nur noch weiße«, sagte ich zu ihr und verschwand in mein Zimmer, bevor sie mich nach dem Grund fragen konnte.

»Erde an Aurora. Hast du was zu sagen oder nicht?«, fragte Lindsey jetzt, und ihre Augen funkelten so, wie vermutlich Thurman Hills Meerglasaugen an dem Tag gefunkelt hatten, als Heidi in Hilltop aufgetaucht war und ihm tausend Fragen gestellt hatte, die er nicht beantworten wollte.

Ich hätte ihr gern gesagt, dass jemand, der ein bisschen anders ist oder mal versehentlich seine Unterhose auf dem Pausenhof zeigt, genauso Gefühle hat wie andere auch. Hätte sie gern gefragt, wie sie sich fühlen würde, wenn niemand mit ihr spielen oder beim Mittagessen neben ihr sitzen wollte oder sie nicht ein einziges Mal ausgewählt würde, um mit ihr bei einem Schulprojekt zusammenzuarbeiten. Es gab vieles, was ich ihr gern gesagt hätte, aber die Worte blieben mir in der Kehle stecken, bis mir war, als hätte ich einen Mundvoll Steine verschluckt.

»Also?«, sagte Lindsey.

Es war offensichtlich, dass das hier nicht mein Wrigley's-Augenblick werden würde. Lindsey Toffle und ich würden keine Freundinnen werden. Niemals.

»Vergiss es«, sagte ich, steckte die silberne Glocke in meine Tasche und ging weiter.

# 4

# Mehr, als ein Rad das Drehen liebt

Als wir nach der Pause ins Klassenzimmer zurückkamen, saß Lindsey zusammengesunken auf ihrem Platz und weinte. Mr Taylor erklärte, was passiert war, und fragte, ob jemand den fehlenden Anhänger gesehen hatte. Ich faltete die Hände auf meinem Pult und schwieg. Ich hatte noch nie ein Geheimnis für mich behalten und war überrascht, dass es mir ein Gefühl gab, als wäre ich ein Glas voller Leuchtkäfer.

Als ich später am Nachmittag nach Hause kam, ging ich in die Garage und wühlte in der Recycling-Tonne herum, bis ich eine alte Pflasterdose aus Metall mit aufklappbarem Deckel fand. Nachdem ich sie mit – insgesamt elf – Wattebäuschen vollgestopft hatte, legte ich den Anhänger hinein und klappte den Deckel zu.

Ich zog mehrere Verstecke in Betracht, bevor ich mich für eines entschied. Ich dachte mir, weil ich jeden Morgen mein Bett selbst machte und die Wäsche jeden zweiten Sonntag selbst wechselte, hätte niemand einen Grund, unter meiner

Matratze nachzusehen. Ich hob eine Ecke hoch, legte die Dose drunter und strich sorgfältig die Decke glatt. Dann lächelte ich und genoss das schöne Gefühl, das in mir blubberte.

Am nächsten Morgen war das besondere Gefühl verschwunden und ersetzt durch eine verdrehte Brezel aus Schuld. Etwas zu behalten, was einem nicht gehört, ist nicht dasselbe, wie ein Geheimnis zu bewahren. Das ist gestohlen. Nicht nur das, ich hatte auch noch Mr Taylor angelogen, meinen allerliebsten Lehrer. Ich konnte es kaum abwarten, in die Schule zu gehen. Sobald die Luft rein war, ließ ich die silberne Glocke auf den Boden neben Lindseys Pult fallen, wo sie sie bestimmt finden würde. Als sich die Knoten in meinem Bauch gelöst hatten, schwor ich mir ganz fest, dass ich nie, wirklich nie wieder etwas behalten würde, was mir nicht gehörte.

Es dauerte nicht lange, bis ich dieses Versprechen brach.

Ein paar Wochen später – wir hatten Osterferien – bat mich meine Mutter nachzusehen, ob der Postbote schon da gewesen war. Duck begleitete mich und trottete neben mir die Einfahrt hinunter; seine Zunge hing ihm seitlich aus der Schnauze. Die kleine rote Flagge an der Seite des Briefkastens war oben, und als ich auf die Straße trat, um die Klappe aufzuziehen, stieß ich mit der Schuhspitze gegen etwas Hartes. Zuerst dachte ich, es wäre ein Stein oder eine verrostete Schraube, die sich gelockert hatte und von einem vorbeifahrenden Auto abgefallen war, aber es war ein Feuerzeug, ein altmodisches aus Metall, wie mein Onkel James es benutzte, um seine Pfeife anzuzünden.

Duck schnupperte kurz daran, interessierte sich aber viel mehr für die Heuschrecken, die im hohen Unkraut herumhüpften. Ich nannte sie *Doggie Flips,* weil sie einer von Ducks Lieblingssnacks waren, wenn er das Glück hatte, eine zu erwischen.

Das Feuerzeug hatte eindeutig schon eine Zeit lang da gelegen. Außen war eine Kruste aus vertrocknetem Matsch. Ich drehte es um und kratzte den Boden mit dem Fingernagel so ab, wie mein Vater immer die Zahlen auf den Quickie-Chance-Losen freirubbelte, die er an der Tankstelle kaufte. Als der Dreck abblätterte, erschienen Buchstaben. *Z-I-P-P-O. Zippo.*

Als mein Onkel James mal zu Besuch war, hatte ich ihn gebeten, mir zu zeigen, wie sein Feuerzeug funktionierte. Onkel James lebte in Sacramento und unterrichtete Naturwissenschaften an einer privaten Schule für Intelligenzbestien. Wir bekamen ihn nur selten zu sehen. Er sah genauso aus wie mein Vater, nur war sein Haar rot und nicht braun, und sein Schnurrbart war dünner. An den Spitzen trug er ein spezielles Wachs auf, damit sie sich nach oben bogen. Wir waren im Garten, weil meine Mutter ihm das Rauchen im Haus verbot. Er schnippte das Feuerzeug auf – *svvvit!* Innen war ein kleines Metallrad, das er mit dem Daumen nach unten drücken musste, um mit einem Funken den Docht zu entzünden.

»Darf ich's mal versuchen?«, fragte ich und griff nach dem Feuerzeug.

Meine Mutter sah uns durchs Küchenfenster und kam herausgerannt.

»Hast du den Verstand verloren?«, schrie sie Onkel James an.

»Ich hab ihr nur gezeigt, wie es funktioniert, Ruby«, erklärte er. »Sie war neugierig.«

»Falls du es noch nicht gehört hast: Neugierige Katzen verbrennen sich die Tatzen«, sagte meine Mutter, riss ihm das Feuerzeug aus der Hand und stürmte zurück ins Haus.

»Mann«, sagte Onkel James und schüttelte den Kopf. »Früher war deine Mutter so entspannt. Seit wann ist sie so eine Sorgenliese geworden?«

»War sie schon immer«, erwiderte ich.

Später am Abend, als mein Vater in mein Zimmer kam, um mir gute Nacht zu wünschen, fragte ich ihn, warum meine Mutter sich so viele Sorgen machte.

»Das ist eine der Möglichkeiten, ihre Liebe zu zeigen«, sagte er.

»So wie Duck mir das Gesicht ableckt?«, fragte ich.

Er lächelte und küsste mich auf die Stirn.

»Ja«, sagte er. »Nur ohne den Sabber.«

Ich fragte mich, ob das Feuerzeug, das ich im Gras gefunden hatte, genauso funktionierte wie das von Onkel James. Mit den Fingern drückte ich den Deckel auf. Innen war ein ähnliches gerilltes Rädchen, aber als ich es mit dem Daumen nach unten drückte, bewegte es sich nicht. Ich versuchte es mehrmals, aber es klemmte. Mich störte nicht, dass es kaputt war – ich fand es immer noch toll. Ich wollte es behalten, wusste aber, dass meine Eltern das keinesfalls zulassen würden –

schon gar nicht meine Mutter. Sie ließ mich noch nicht mal Popcorn in der Mikrowelle machen, aus Angst, ich könnte mir beim Öffnen der Tüte die Finger verbrennen.

Ich drehte das Feuerzeug um. Es passte perfekt in meine Hand, und ich konnte es nicht erklären, aber für mich hatte das Wort *Zippo* etwas Aufregendes. Was wäre, wenn ich meinen Eltern nichts von dem Feuerzeug erzählen würde? Schließlich funktionierte es nicht, und es gab keine Möglichkeit, es dem rechtmäßigen Besitzer zurückzugeben. Wahrscheinlich gehörte es jemandem aus der Stadt, der auf der Durchreise gewesen war, oder jemandem, der es aus dem Fenster geworfen hatte, weil es kaputt war. Was konnte schon passieren?

»*Des einen Freud, des anderen Leid*«, flüsterte ich und schloss die Finger um das Feuerzeug, während dieses Leuchtkäfer-Gefühl wieder in mir blubberte. Diesmal hatte ich ein echtes Geheimnis, das nur mir ganz allein gehörte.

Ich hüpfte die Einfahrt entlang, hopste – einfach nur so – rückwärts die Stufen der Veranda hoch und klopfte dreimal auf das Geländer, bevor ich ins Haus ging.

»Irgendwas Interessantes heute?«, fragte meine Mutter, als ich ihr die Post reichte.

»Zum Kuckuck, Eure Ladyschaft, seht selbst nach«, sagte ich zu ihr.

»Schau mal!«, rief sie glücklich und hielt einen hellgelben Umschlag hoch. »Ein Brief von Heidi!«

Fast dreizehn Jahre war es nun her, seit Heidi, beflügelt

von einem rätselhaften Wort mit vier Buchstaben, allein von Reno, Nevada, nach Liberty, New York, gereist war. Nachdem Heidi wieder zurück nach Reno geflogen war, hielten sie und meine Mutter Kontakt und schrieben sich Karten zu wichtigen Feiertagen oder Postkarten, wenn eine von beiden an einem interessanten Ort war. Am Ende jeder Karte schrieben sie immer das gleiche Wort: *Soof.*

»Was heißt das?«, hatte ich meine Mutter eines Tages gefragt, als ich noch klein war.

Sie öffnete die geblümte Geburtstagskarte, die sie für Heidi gekauft hatte, und nahm die Kappe von ihrem Stift ab.

»*Soof* war das spezielle Wort für *Liebe* von Heidis Mutter«, antwortete sie.

»Warum hat sie ein spezielles Wort gebraucht?«, fragte ich und griff nach dem Stift, als meine Mutter mit dem Schreiben fertig war, damit ich die beiden wunderschönen kleinen Os in der Mitte ausmalen konnte.

»Weil Heidis Mutter speziell war«, sagte sie.

»Bin ich auch speziell?«

»Ja.« Sie küsste mich auf den Kopf. »Das bist du, aber auf eine andere Weise.«

Als meine Mutter im Hilltop als Aushilfskraft gearbeitet hatte, hatte sie sich auch um Heidis Vater Elliot gekümmert. Heidis Mutter hatte ebenfalls für kurze Zeit im Hilltop gelebt, aber das war vor der Zeit meiner Mutter gewesen, darum waren sie sich nie begegnet. Ich hatte beide nie kennengelernt, aber Bilder von ihnen gesehen.

Zum Glück war meine Mutter so sehr mit Heidis neuem Brief beschäftigt, dass ihr die kleine Beule in der Gesäßtasche meiner Jeans nicht auffiel. Ich ließ sie in der Küche zurück und ging in mein Zimmer. Nachdem ich die Tür geschlossen hatte, holte ich das Feuerzeug aus der Tasche und polierte es mit dem Saum meines T-Shirts, bis es schimmerte wie ein Edelstein. Da ich die Pflasterdose nicht mehr hatte, steckte ich es in eine rosa Socke, deren Gegenstück verloren gegangen war, und legte sie unter die Matratze.

In den folgenden Tagen nutzte ich jede Gelegenheit, das Feuerzeug hervorzuholen, und übte so lange, die Kappe aufzuschnippen, bis ich es in einer einzigen Bewegung konnte – *svvvit!* Falls meinen Eltern auffiel, dass ich mehr Zeit allein in meinem Zimmer bei geschlossener Tür verbrachte, ließen sie sich nichts anmerken. Mein Vater hatte viel bei der Arbeit zu tun, und meine Mutter war mit anderen Dingen beschäftigt wie Fenster putzen und Silber polieren. Heidi hatte in ihrem Brief geschrieben, dass sie uns besuchen käme, und meine Mutter wollte, dass alles perfekt war.

»Erinnere mich daran, dass ich das Jelly-Beans-Glas vom Dachboden hole, bevor Heidi kommt«, sagte sie. »Das will sie bestimmt noch mal sehen.«

Als Heidi in Liberty angekommen war, hatte sie eine kostenlose Taxifahrt gewonnen, weil sie richtig geraten hatte, wie viele Jelly Beans in dem Glas waren. Ursprünglich waren es 1527 gewesen, aber sie hatte ein paar gegessen, sodass jetzt nur noch 1521 drin waren. Das wusste ich, weil ich sie einmal, als ich mich langweilte, auf den Tisch gekippt und gezählt hatte. Es waren 422 rote, 392 orangefarbene, 275 grüne, 220 gelbe, 114 schwarze und 98 pinkfarbene.

Während meine Mutter eifrig alles, was in Sichtweite war, abstaubte, wischte, putzte und wachste, war auch ich fleißig und tröpfelte Öl auf das kleine Rad in dem Feuerzeug, aber es rührte sich nach wie vor nicht. Ich probierte es sogar mit Kokosöl, aber danach roch es lediglich wie eine Makrone. Nach einer Weile ließ meine Begeisterung für das Feuerzeug nach, und das besondere funkelnde Gefühl verlor sein Sprudeln wie Mineralwasser, das schal wird. Als die Schule wieder anfing, hatte ich es ganz vergessen.

# 5

# Mehr, als ein Funke das Fliegen liebt

Der dreißigste Hochzeitstag meiner Eltern war am achtzehnten Mai. Dad war seit Wochen auf dem Dachboden gewesen und arbeitete an einer Überraschung für meine Mutter. Er reparierte einen antiken Überseekoffer, der aussah wie eine Truhe und ihrer Urgroßmutter Alpha gehört hatte. Zuerst hatte er die angelaufenen Messingbeschläge abgenommen und sie in Essig gelegt, dann hatte er die dunklen Eichenpaneele sorgfältig abgeschliffen und sie mit alten, in Leinöl getränkten T-Shirts eingerieben, um die Maserung hervorzuheben. Bei jeder sich bietenden Gelegenheit arbeitete er an der Truhe, und meine Aufgabe war es, sein Beobachtungsposten zu sein.

Wenn meine Mutter in der Stadt war und die Einfahrt hochkam oder sie wieder ins Haus ging, nachdem sie die Wäsche aufgehängt hatte, gab ich ihm ein Zeichen, indem ich mit dem Ende eines Besenstiels in meinem Zimmer an die Decke klopfte. Auf dem Putz über meinem Bett waren schon lauter schwarze Flecken von dem vielen Klopfen.

Am Samstagmorgen arbeitete meine Mutter mehrere Stunden an Heidis Babydecke und hörte Radio. Ich sah ungefähr jede Viertelstunde nach ihr und berichtete dann meinem Vater, der in der Garage damit beschäftigt war, das Recyclinggut für die Müllabfuhr zu sortieren, bis die Luft rein war und er nach oben in seine Werkstatt gehen konnte.

Nach dem Mittagessen legte meine Mutter schließlich ihr Nähzeug weg und ging zu Stop & Shop, um Zutaten für ein besonderes Abendessen zu kaufen. Sobald sie weg war, gab ich meinem Vater Bescheid.

»Komm mal und sieh dir die Truhe an. Ich möchte wissen, wie du sie findest«, sagte er.

Duck folgte mir die schmale Treppe zum Dachboden hoch, wo er schnurstracks auf das Mäuseloch zustürzte, das er entdeckt hatte, als wir das letzte Mal zusammen oben gewesen waren.

»Glaubst du, sie gefällt ihr?«, fragte mein Vater, der einen schmutzigen Lappen aufhob und ihn auf einen Haufen in der Ecke warf.

»Ich wette, sie weint, wenn sie die Truhe sieht«, sagte ich.

Die Truhe war wunderschön. Die Messingscharniere glitzerten wie Goldfische in dem warmen Sonnenlicht, das durch die Dachluken hereinfiel. Trotz der geöffneten Fenster war es heiß hier oben.

Ich klopfte dreimal auf meinen rechten Ellbogen, und dann zum Ausgleich dreimal auf meinen linken.

»Alles in Ordnung?«, fragte mein Vater und musterte mich.

Ich wusste, warum er fragte. Wenn ich unruhig war, klopfte ich häufiger.

»Mir geht es gut«, sagte ich, obwohl es nicht stimmte.

»Bist du etwa nervös wegen Heidis Besuch?«, fragte er und wischte sich mit dem Ärmel den Schweiß vom Gesicht.

Mein Vater kannte mich sehr gut. Meine Mutter hatte in letzter Zeit nur noch von Heidis Besuch gesprochen. Sogar die Mahlzeiten hatte sie schon bis hin zum Nachtisch geplant. Ich kannte sämtliche Heidi-Geschichten in- und auswendig, aber sie selbst kannte ich nicht. Ich machte mir Sorgen, dass sie mich nicht mögen würde. Oder dass meine Eltern zu dem Schluss kamen, dass sie Heidi lieber mochten als mich.

»Warum sollte ich nervös sein?« Ich widerstand dem Drang, wieder zu klopfen, und biss mir stattdessen dreimal innen auf die Wange. »Sie ist ein netter Mensch, oder?«

»Sehr nett«, sagte mein Vater. »Du wirst dein Zimmer mit ihr teilen. Geht das in Ordnung für dich?«

»Schnarcht sie?«

Mein Vater lachte.

»Ich schätze, das finden wir bald genug heraus, oder?« Er nahm den Verschluss von der Leinölflasche und goss ein wenig auf einen sauberen Lappen.

»Dad?«, sagte ich, weil ich es einfach nicht mehr für mich behalten konnte. »Weiß Heidi eigentlich, dass ich komisch bin?«

Mein Vater hielt inne und sah mich ganz traurig und gleichzeitig liebevoll an.

»Ich wünschte, du würdest das nicht sagen, Baby Girl«, erwiderte er. »Du bist nicht komisch, du bist wundervoll, und Heidi freut sich sehr, dich kennenzulernen.«

»Woher willst du das wissen?«

»Das hat sie in ihrem Brief geschrieben. Frag deine Mutter, wenn du mir nicht glaubst.«

»Und was ist, wenn Heidi mich nicht mag?«

»Was gibt es da nicht zu mögen?«, sagte er, schraubte den Deckel wieder auf die Ölflasche und stellte sie beiseite. »Jetzt verschwinde und lass mich weitermachen, bevor deine Mutter nach Hause kommt, okay?«

Kurz vor dem Abendessen brachte mein Vater die Truhe nach unten und überreichte sie meiner Mutter. Und wie ich vorhergesagt hatte, brach sie bei ihrem Anblick sofort in Tränen aus.

»Ach, Roy! Das ist das Schönste, was ich je gesehen habe.«

»Ich hab dir gesagt, dass sie bestimmt weint«, sagte ich.

»Ich fürchte, mein Geschenk verblasst verglichen mit deinem«, sagte meine Mutter und wischte ihre Freudentränen ab. »Ich hab dir einen Kuchen gebacken.«

»Lemon Chess?«, fragte mein Vater hoffnungsvoll.

Meine Mutter nickte, und er stieß einen Jubelruf aus.

»Du weißt, was ich von deinem Kuchen halte, Rube.«

»Sie hat ihn auch mit richtiger Sahne gemacht«, sagte ich. »Nicht mit dem künstlichen Zeug aus der Dose.«

»Ich schätze, mein Geheimnis war nicht das einzige, das du bewahrt hast, hm, Baby Girl?«

»Es war meine Idee, einen Ventilator ins Fenster zu stellen, damit du den Kuchen nicht riechst«, gab ich zu.

»Wenn ich es mir recht überlege: Wie um alles in der Welt hast du es geschafft, die ganze Arbeit an der Truhe oben zu erledigen, ohne dass ich es gemerkt habe, Roy?«, fragte meine Mutter.

»Rory war mein Beobachtungsposten«, erwiderte mein Vater stolz und legte einen Arm um meine Schultern. »Sie ist ein richtiger James Bond.«

»James wer?«, fragte ich.

»Bond. James Bond. Ein berühmter Spion«, erklärte mein Vater.

»Wie Inspector Gadget?«, fragte ich.

Meine Mutter lachte. »Ja, nur ist James Bond sehr attraktiv.«

»Hey«, sagte mein Vater. »Was ist mit mir?«

»Du bist viel attraktiver als James Bond, und unsere Tochter ist eine hervorragende Doppelagentin«, sagte meine Mutter. »Ich hatte nicht die geringste Ahnung.«

»Die Truhe ist noch nicht ganz fertig«, erklärte mein Vater. »Das Holz ist alt und durstig. Es braucht noch ein paar Schichten Öl. Nach dem Essen mache ich mich gleich an die Arbeit.«

Ich fuhr mit den Fingern über den glatten Deckel.

»Ich fände es schön, wenn ich auch so eine in meinem Zimmer hätte. Dann könnte ich a) meine Sommersachen im Winter darin aufbewahren und b) meine Wintersachen im Sommer darin aufbewahren. So würden mir nie die Kleiderbügel ausgehen.«

»O nein, kommt nicht in Frage«, sagte meine Mutter lachend. »Deinen Vater kannst du vielleicht um den kleinen Finger wickeln, aber diese Truhe gehört mir. Selbst wenn ich die nächsten dreißig Jahre Kuchen backen muss, um es ihm zurückzuzahlen.«

Mein Vater grinste und zog sie an sich.

»Alles Gute zum Hochzeitstag, Rube«, sagte er und gab ihr einen Kuss.

Duck bellte und wedelte mit dem Schwanz, wie immer, wenn wir einander umarmten oder küssten. Mich machte das auch glücklich.

Zum Abendessen gab es Steak mit zweimal gebackenen Kartoffeln, außerdem Knoblauchbrot mit Petersilienbutter, grüne Bohnen und danach natürlich den Lemon Chess Pie. Sogar Kerzen und Blumen standen auf dem Tisch.

Nachdem das Geschirr abgeräumt war, öffnete mein Vater eine Flasche Champagner, und ich bekam ein Glas Apfelsaft. Wir tranken auf das Wohl von allen, die uns einfielen, auch des Postboten, obwohl er Duck nicht besonders mochte.

»Was ist mit Heidis Baby?«, sagte ich. »Sollten wir nicht auch auf sie trinken?«

»Absolut«, sagte mein Vater. »Wissen wir denn, wie sie heißen soll?«

Es war Heidis Idee gewesen, mich Aurora zu nennen, weil Bernadette mal gesagt hatte, es sei wichtig, einen vielversprechenden Namen zu haben.

»Von einem Namen habe ich noch nichts gehört«, sagte meine Mutter. »Aber wenn ich raten müsste, würde ich auf Sophia tippen, so hieß Heidis Mutter.«

»Vielleicht wird sie ein Glückskind wie Heidi«, sagte ich.

»Das wäre schön«, stimmte meine Mutter zu.

Mein Vater hob sein Glas.

»Auf die kleine Sophia«, sagte er.

»Und auf das Glück«, fügte meine Mutter hinzu.

»Und auf Duck!«, sagte ich.

Wir stießen wieder an, und nach ein paar weiteren Trinksprüchen waren meine Eltern beschwipst, und ich war bettreif.

Nachdem ich mein Nachthemd angezogen und mir die Zähne geputzt hatte, schaltete ich das Licht aus und starrte eine Weile aus dem Fenster auf den Mond. Ich überlegte, warum Sterne von Nahem rund aussahen und aus der Ferne irgendwie spitz. Ich überlegte, wie derselbe Himmel tagsüber blau und in der Nacht schwarz aussehen konnte. Ich überlegte, ob Heidi wohl auch aufgeregt war, mich kennenzulernen, und ob sie sich an die Farbe der Jelly Beans erinnerte, die sie gegessen hatte, bevor sie das Glas meiner Mutter geschenkt hatte. Irgendwann wurde ich von dem vielen Überlegen müde. Ich zog mir die Decke bis ans Kinn und schloss die Augen.

Mitten in der Nacht fing Duck an zu bellen. Das machte er manchmal, wenn Waschbären die Vogelhäuschen plünderten oder sich ein Stinktier in den Garten schlich, um im Komposthaufen herumzuwühlen, aber dieses Bellen war anders. Es klang verängstigt.

»Rory!«, brüllte mein Vater und platzte in mein Zimmer. »Komm schnell! Das Haus brennt!«

Ich sprang aus dem Bett und rannte in den Flur. Von der Dachbodentreppe bauschte sich dunkler Rauch herunter. Duck war außer sich, rannte hin und her und bellte wie verrückt.

»Halt dir das vor den Mund und die Nase«, sagte meine Mutter und reichte mir einen feuchten Waschlappen. Die Glühbirne in der Lampe über uns flackerte und summte, dann platzte sie plötzlich mit einem lauten Knall. Ich schrie, und mein Vater hob mich hoch. Ich klammerte mich an ihn, während er mich durchs Haus trug und meine Mutter in Bademantel und Hausschuhen hinter uns hereilte, ihre Handtasche und Schmuckschatulle an die Brust gepresst.

Unten am Hügel heulten bereits Feuerwehrsirenen, und schon bald kamen die Wagen mit ihren übernächtigten Mannschaften aus Freiwilligen.

Ich kam mir vor, als wäre ich eine Million Meilen entfernt und beobachtete die Szene aus dem Weltall. Das konnte nicht wirklich passieren. Nicht uns. Die Luft war dick von Rauch, und es sah aus, als wäre ein feuerspuckender Drache im Dachboden, der helle orangefarbene Flammen durch das Dach spie. *Unser Dach.* Und dann zerbarst eine Fensterscheibe nach der anderen.

»Alle heil rausgekommen, Sheriff?«, fragte einer der Feuerwehrleute. Es war Dave Toffle, Lindseys Vater. Unter seinem Gummimantel trug er noch seinen Pyjama.

»Ja«, sagte mein Vater zu ihm. »Wir sind alle da.«

Aber als ich mich umsah, merkte ich, dass er sich irrte.

»Wo ist Duck?«, fragte ich.

# 6

# Mehr, als eine Maus das Knabbern liebt

Wenn man einen Feuerwehrschlauch voll aufdreht, ihn auf das Fenster eines brennenden Hauses richtet und das Wasser eindringt, kommt alles Mögliche herausgeflogen. Kleider, Bücher, Schuhe, CDs lagen verstreut auf unserem Dach wie Muscheln auf einem Kieselstrand. Als Erstes hatten die Feuerwehrleute die Luken im Dach aufgebrochen, damit der Rauch und die Flammen nach oben und weg vom übrigen Haus zogen. Der Garten wurde rasch ein schlammiges Chaos; überall lagen Glasscherben und gesplittertes Holz. Ein Strohhut meiner Mutter war irgendwie in den Büschen gelandet, zusammen mit einem kleinen Rentier, das ich in der Vorschule aus Eisstielen gebastelt hatte. Die Schachteln mit dem Weihnachtsschmuck, unsere Sommerkleider und viele andere Sachen waren auf dem Dachboden gelagert, aber das alles zählte im Augenblick nicht.

»Wir müssen noch mal reingehen«, schluchzte ich. »Wir müssen Duck finden.«

Wir standen zu dritt am Ende der Einfahrt und betrachteten das brennende Haus.

»Leute!«, rief mein Vater einigen Männern zu, die mit Spitzhacken über den Schultern vorbeieilten. »Dort drinnen könnte ein Hund sein.«

»Er heißt Duck!«, rief ich ihnen hinterher. »Er ist schwarz mit einem roten Halsband.«

Sie nickten und gingen weiter.

Als meine Mutter sah, dass ich barfuß war, gab sie mir rasch einen ihrer Hausschuhe, und wir balancierten beide auf einem Fuß wie zwei Flamingos, die zusahen, wie sich der Rauch von schwarz zu braun und schließlich zu grau verfärbte. Ein Nachbar brachte uns Decken und eine Thermoskanne mit heißem Kaffee. Meine Mutter gab meinem Vater eine Decke und schlang die andere um uns wie einen Kokon. Sie zitterte, aber ich spürte die Kälte nicht, weil ich zu besorgt um Duck war.

Als das Feuer schließlich gelöscht war und die Feuerwehrleute ihre Schläuche wieder einrollten, kam Dave Toffle zu uns, um mit meinem Vater zu sprechen. Auf einer Wange hatte er einen schwarzen Rußstreifen, und seine Augen waren rot umrandet.

»Die Dachluken waren ein großes Glück, Sheriff, weil wir so schneller reingekommen sind, als wenn wir ein Loch hätten schneiden müssen. Aber Sie brauchen mit Sicherheit ein neues Dach. Der Chef ist im Augenblick im Haus und sieht sich alles an.«

»Was ist mit Duck?«, fragte ich besorgt.

»Duck?«

»Mein Hund«, erklärte ich. »Er ist schwarz mit einem roten Halsband.«

Dave Toffle schüttelte den Kopf.

»Einen Hund haben wir nicht gefunden«, sagte er. »Jedenfalls nicht, dass ich wüsste.«

»Haben Sie in der Küche nachgesehen?«, fragte ich und tippte dreimal auf mein Kinn. »Dort schläft er immer. Haben Sie in meinem Zimmer nachgesehen? Dort könnte er auch sein.«

Lindseys Vater wischte sich über die Wange, wodurch ein neuer Rußstreifen entstand.

»Wie schon gesagt, einen Hund haben wir nicht gefunden.« Er sagte das nicht besonders freundlich, und das erinnerte mich an Lindsey.

»Was passiert jetzt?«, fragte meine Mutter und schaute verzweifelt auf das Haus.

»Da kommt Howie«, sagte mein Vater zu ihr. »Er wird es wissen.«

Howard Strauss war der Feuerwehrchef von Liberty. Er und mein Vater hatten in der Highschool zusammen Football gespielt und waren gute Freunde geblieben.

»Entschuldigt das Chaos«, sagte er. »Aber abgesehen vom Dach habt ihr ziemliches Glück. Im Haus selbst sind größtenteils nur Rauch- und Wasserschäden.«

»Irgendeine Idee, was das Feuer verursacht hat?«, fragte mein Vater.

»Wir wissen, dass es auf dem Dachboden ausgebrochen ist, aber die Ursache ist vorerst noch ungewiss«, sagte er.

»Ungewiss?«, fragte meine Mutter. »Warum?«

»Es könnte einiges gewesen sein«, erwiderte er. »Die nackte Glühbirne, die oben hing, könnte der Übeltäter sein. Oder die Isolierung war irgendwo vergammelt. Auch ein Kabel, das eine Maus durchgeknabbert hat, könnte einen Funken ausgelöst haben.«

Ich dachte an das Mäuseloch, das Duck gefunden hatte.

»Aber etwas muss ich dich noch fragen, Roy«, fuhr er fort. »In einer Ecke ist ein ziemlich großer Brandfleck. Irgendeine Idee, was den verursacht haben könnte?«

Mein Vater ließ die Schultern sinken.

»Tut mir leid, Rube«, sagte er und drehte sich zu meiner Mutter. »Gestern Abend, nachdem du im Bett warst, hab ich die Truhe hochgebracht, um noch eine Schicht Öl aufzutragen. In der Ecke lag ein Haufen Lappen.«

»Ölige Lappen?«, fragte Chief Strauss. »Das würde den schwarzen Rauch erklären.«

»Ich hätte es besser wissen müssen«, sagte mein Vater und schüttelte den Kopf. »Das war dumm.«

Meine Mutter legte ihren Kopf auf seine Schulter.

»Schon gut, Roy. Wichtig ist, dass uns nichts passiert ist.«

Hatte sie Duck ganz vergessen?

»Können wir jetzt wieder reingehen?«, fragte ich. »Um Duck zu suchen?«

»Ich fürchte, das darf ich nicht zulassen, Aurora«, sagte der

Chief. »Aber wir haben alles getan, um euren Hund zu finden. Die Männer haben in jedem Raum nachgesehen.«

»Ich kann ihn finden«, sagte ich. »Ganz bestimmt.«

Chief Strauss schüttelte den Kopf.

»Wir mussten den Strom und das Gas am Verteilerkasten abschalten. Ihr habt keinen Saft. Dort drin ist es stockfinster. Und nicht sicher.«

»In der Garage haben wir Taschenlampen«, sagte ich. »Ich geh eine holen.«

Meine Mutter legte ihre Hände auf meine Schultern, um mich zurückzuhalten.

»Wie lange dauert es, bis wir wieder reinkönnen, Howie?«, fragte sie. »Wir brauchen ein paar Kleider und Roys Herzmedikament.«

Ich wusste nicht, dass Dad etwas für sein Herz nahm.

»Bist du krank, Dad?«

»Nein«, antwortete er. »Nur ein Störgeräusch. Das hatte ich schon als Kind.«

»Soll ich morgen früh vorbeikommen und mich umsehen?«, fragte Chief Strauss. »In ein paar Stunden wird es hell. Wir decken das Dach ab, und wenn der Dachstuhl stabil ist, könnt ihr kurz reingehen und holen, was ihr braucht. In der Zwischenzeit müsst ihr woanders unterkommen.«

»Ohne Duck geh ich nicht weg«, beharrte ich.

»Wir können bei Julie und Scott bleiben«, sagte meine Mutter, nahm die Decke weg und befreite mich aus dem Kokon.

Julie Graham und meine Mutter waren seit ihrer Kindheit

befreundet. Ihr und ihrem Mann Scott gehörte eine Autowerkstatt in Youngsville.

»Verdammt. Ich hab mein Handy im Haus gelassen«, sagte mein Vater und klopfte die nicht vorhandenen Taschen seines Pyjamas ab.

»Ich hab meins hier«, sagte meine Mutter, griff nach ihrer Tasche und der Schmuckschatulle, die in der Nähe auf einem Stein lagen. »Ich ruf Julie unterwegs an.«

»Moment«, sagte ich. »Was ist mit Duck? Wir können ihn nicht einfach hierlassen.«

»Wenn es hell ist, kommen wir zurück und suchen ihn«, sagte mein Vater zu mir. »Alle wissen, dass wir ihn suchen. Bei der ganzen Aufregung hat er wahrscheinlich Angst bekommen und sich ein sicheres Versteck gesucht, bis der Staub sich gelegt hat.«

»Ich gehe jede Wette ein, dass er morgen früh auf der Veranda auf uns wartet«, stimmte meine Mutter zu.

»Ohne ihn geh ich nicht weg«, insistierte ich, aber meine Eltern gingen schon die Einfahrt hoch, meine Mutter hinkend in ihrem einen Hausschuh. Ich stand eine Weile im Mondlicht, während mir mein Nachthemd wie ein Schwarm weißer Motten um die Knie flatterte, bis das Auto gestartet wurde und meine Mutter mich rief.

»Keine Angst«, flüsterte ich in die kalte Nachtluft. »Ich komme und finde dich, Duck. Versprochen.«

# 7

# Mehr, als eine Brise das Wehen liebt

*Ich muss jetzt zur Arbeit, Liebes*«, flüsterte mir Julie ins Ohr. Ich öffnete ein Auge und spähte auf die Uhr. Halb acht. »Die Zwillinge schlafen noch – sie hatten gestern ein spätes Spiel, und Scott ist unten in der Werkstatt. Normalerweise arbeitet er sonntags nicht, aber offenbar brauchen alle plötzlich einen Ölwechsel. Wenn du hungrig bist, bediene dich in der Küche. Mi casa es su casa.«

Plötzlich saß ich kerzengerade da.

»Wo sind Mom und Dad?«

»Die sind schon zum Haus gefahren«, antwortete sie.

»Um nach Duck zu suchen?«

»Sie treffen sich mit dem Feuerwehrchef, aber dein Vater hat eine Packung Hotdog-Würstchen mitgenommen. Ich bin sicher, dein Hund kommt sofort angerannt, wenn er die erst mal riecht. Das sollte er auch besser – es sind die teuren, nur Rindfleisch!«

Sobald Julie weg war, rief ich zu Hause an, aber wahrscheinlich war der Strom noch nicht wieder angestellt, denn der Anrufbeantworter schaltete sich nicht ein. Ich probierte es auch auf beiden Handys, aber sie wurden sofort auf die Mailbox weitergeleitet. Mein Kopf tat weh, und ich fühlte mich wie ein ausgewrungener Spüllappen. Ich hatte nicht gut geschlafen auf der feuchten aufblasbaren Matratze, die Julie mir auf den Boden in ihrem Nähzimmer gelegt hatte. Und ich war krank vor Sorge um Duck.

Wenn ich traurig war, kroch ich zu Hause manchmal unter unseren Esszimmertisch. Er war alt und aus dunklem Holz, und die geschwungenen Beine endeten in geschnitzten Füßen, die aussahen wie Löwentatzen. Nach einer Weile kam dann Duck, der mich suchte. Wenn ich weinte, leckte er mir die Tränen vom Gesicht, und wenn mir nicht nach Reden zumute war, legte er sich still neben mich. Da ich jetzt weder den Esszimmertisch noch Duck hatte, schob ich einen Korb mit Schnittmustern aus dem Weg und rollte mich unter Julies Nähtisch zusammen. Eine Haarsträhne fiel mir ins Gesicht. Sie roch nach Rauch, genau wie mein Nachthemd. Julie hatte mir einen sauberen Pyjama angeboten, aus dem einer ihrer Jungs herausgewachsen war, aber in der Hose und der Jacke waren Etiketten, und ich hatte nicht die Kraft gehabt zu erklären, warum das ein Problem sein könnte. Ich schloss die Augen und schickte ein stilles Gebet gen Himmel, dass meine Eltern bei ihrer Rückkehr Duck mitbringen würden. Ich malte mir aus, wie er durch die Tür stürmen, an mir hochspringen und mein Gesicht ablecken würde. Und ich würde meine Nase in seine nach Popcorn riechenden Ohren pressen und ihm sagen, wie leid es mir tat, dass ich ihn zurückgelassen hatte.

Es regnete. Große runde Tropfen rannen die Fensterscheiben hinunter wie Kaulquappen. Unter dem Nähtisch war es enger, als ich es gewohnt war, und das metallene Fußpedal der Nähmaschine bohrte sich in meinen Rücken. Als meine Beine sich langsam verkrampften, kroch ich hinaus und ging in die Küche, um zu frühstücken. Auf dem Kühlschrank standen mehrere Sorten Cornflakes. Ohne nachzudenken, ordnete ich die Schachteln der Größe nach und drehte sie alle in dieselbe Richtung. Nachdem ich kurz überlegt hatte, kippte ich mir Froot Loops in eine Schale und holte mir einen Löffel aus der Schublade. In einem angeschlagenen Kaffeebecher steckte eine Handvoll violetter Stifte mit der Aufschrift *Youngsville Garage*. Ich nahm einen und malte mit vollem Mund die vier Os vorne auf der Cornflakespackung aus.

Als ich fertig war, trug ich meine leere Schale zur Spüle und entdeckte die Schmuckschatulle meiner Mutter auf der Anrichte. Als ich klein war, putzte ich mich gern mit zwei glänzenden goldenen Armreifen heraus, die mein Vater ihr geschenkt hatte, und schob sie an meinen dünnen Armen ganz nach oben. Ich spülte meine Müslischale aus und stellte sie in die Spülmaschine, dann schob ich den Haken an der roten Lederschatulle beiseite und hob den Deckel.

In der Mitte war ein Fach, in dem meine Mutter ihre Ringe aufbewahrte, jeder steckte in einer mit Samt gepolsterten Rille. Es dauerte eine Minute, bis ich sie neu geordnet und alle Ringe mit Edelsteinen zusammengruppiert hatte. Auf einer Seite des Fachs bewahrte meine Mutter ihre Ohrringe ordentlich zu Paaren verhakt auf, und auf der anderen lag ein Gewirr von Perlen, aufgerollt wie bunte Schlangen. Ich fing an, auch die neu zu ordnen, bis mir einfiel, dass ich die Schatulle eigentlich wegen der goldenen Armreife geöffnet hatte. Wo waren sie? Nachdem ich die Perlenketten durchwühlt hatte, erinnerte ich mich, dass am Boden der Schatulle noch ein zweites Fach war.

Ich hob das obere Fach an, und da lagen die Armbänder, einschließlich der goldenen Armreife. Und da war noch etwas, das mir bekannt vorkam: ein hellgelber Briefumschlag. Zuerst dachte ich, dass meine Mutter den Brief versteckt hatte, weil nicht stimmte, was mein Vater gesagt hatte. Vielleicht freute sich Heidi gar nicht, mich kennenzulernen, und meine Mutter wollte nicht, dass ich es erfuhr, weil es mich verletzen könnte. Ich dachte an den Spruch, den meine Mutter damals im Garten zu Onkel James gesagt hatte. *Neugierige Katzen verbrennen sich die Tatzen.* Dann tippte ich ein-, zwei-, dreimal auf die Ecke des gelben Umschlags und lüftete die Klappe.

Heidis Brief war auf Papier geschrieben, das denselben gelben Farbton hatte wie der Umschlag. Ihre Schrift war klein und ordentlich, die Buchstaben leicht nach links geneigt wie Reihen kleiner Segelboote in einer steifen Brise. Ich überflog rasch die erste Seite, und in der Mitte der zweiten fand ich die Stelle über mich. Mein Vater hatte die Wahrheit gesagt. Heidi hatte geschrieben, dass sie sich sehr freue, mich persönlich kennenzulernen.

Ich war sicher, dass der Besuch wegen des Feuers nun nicht stattfinden würde. Bei dem Zustand, in dem das Haus war, käme meine Mutter nicht im Traum darauf, Besuch zu empfangen.

Ein kleiner Teil von mir war enttäuscht, dass Heidi nicht kommen würde, aber größtenteils war ich erleichtert. Ich hatte mich nicht darauf gefreut, mein Zimmer mit einer Fremden teilen zu müssen. Außerdem wurde Duck vermisst, und ich musste mich darauf konzentrieren, ihn zu finden.

Als ich den Brief in den Umschlag zurücksteckte, sah ich, dass Heidi meiner Mutter noch etwas geschickt hatte. Ein Foto. Ein verblichenes Bild von meiner Mutter, die vorne im Garten stand und die Arme um ein Mädchen mit kurzem Haar geschlungen hatte.

*Heidi.*

Ich hatte dieses Bild noch nie gesehen, kannte aber die Geschichte dazu. Am Tag nachdem Heidi erfahren hatte, dass ihre Mutter gestorben war, war sie so außer sich gewesen, dass sie sich ihre Haare abgeschnitten hatte. Ich studierte die Gesichter der beiden genau. Heidi lächelte in die Kamera, aber man sah, dass sie geweint hatte. Meine Mutter lächelte ebenfalls, aber ihr Blick war irgendwie komisch. Ich konnte nicht genau sagen, warum.

Die Haustür wurde geöffnet.

»Rory?«, rief mein Vater.

Blitzschnell steckte ich das Foto zurück in den Umschlag, warf ihn in die Schmuckschatulle und knallte den Deckel zu.

Nasses Haar klebte meinem Vater an der Stirn, und die Beine seiner Jeans waren knieabwärts ganz dunkel.

»Habt ihr Duck gefunden?«, fragte ich und ließ einen besorgten Blick durch den Raum schweifen.

Mein Vater schüttelte den Kopf.

»Wir haben ihn gerufen und gerufen, aber er kam nicht. Ich habe eine Nachricht im Tierheim hinterlassen, damit sie Bescheid wissen und nach ihm Ausschau halten.«

»Ich muss nach Hause«, sagte ich. »Jetzt gleich. Was ist, wenn Duck zurückkommt und keiner da ist, um ihn reinzulassen? Was, wenn er hungrig ist? Oder verletzt?«

»Wir können nicht nach Hause gehen«, sagte mein Vater. »Jedenfalls noch nicht. Das Dach muss erneuert werden. Die elektrischen Leitungen sind nass, es gibt also keinen Strom, und im ganzen Haus stinkt es nach Rauch. Die Teppiche, das Bettzeug und die Vorhänge müssen gereinigt oder weggeworfen werden. Dabei haben wir auch ...«

Er verstummte, bevor er den Satz beendete.

»Dabei habt ihr was?«, fragte ich.

»Deine Mutter wollte die Betten abziehen, um zu sehen, ob die Matratzen noch zu retten sind, und ...« Er zögerte wieder und sah meine Mutter an, die noch im Flur stand.

»Zieh deinen Mantel aus, Ruby«, sagte er. »Du tropfst auf den Teppich.«

Meine Mutter rührte sich nicht, ihr Gesicht war unbewegt wie Teichwasser.

»Was ist los?«, fragte ich.

»Wir müssen reden, Aurora«, sagte meine Mutter.

»Und worüber?«

Sie griff in ihre Tasche und zog das Zippo-Feuerzeug heraus.

»Darüber.«

# 8

# Mehr, als ein Finger das Zeigen liebt

Was ist daran so schlimm?«, fragte ich und rieb mir mit dem Knöchel des rechten Daumens über die Stirn – etwas, was ich mir seit Kurzem angewöhnt hatte. »Ist doch nur ein blödes altes Feuerzeug. Ich wusste gar nicht mehr, dass ich es habe.«

Mein Vater hatte meine Mutter schließlich überreden können, ihren Mantel auszuziehen, und die beiden saßen nebeneinander auf der Couch im Wohnzimmer. Ich saß ihnen gegenüber auf einem Holzstuhl, noch immer im Nachthemd vom Abend zuvor, als das Feuer ausgebrochen war. Einer der Jungs, Joe oder Jack, kam verschlafen aus seinem Zimmer, in Flipflops und riesigen Basketball-Shorts. Er verschwand im Bad, und kurz darauf lief die Dusche.

»Woher hast du das?«, fragte meine Mutter.

»Ich hab's im Gras am Briefkasten gefunden.«

»Wann?«, fragte sie.

»Ist das nicht egal?«

»Ich versuche nur, das Ganze zu verstehen«, sagte sie.

»Was verstehen?«

»Warum hast du das Feuerzeug unter der Matratze versteckt?«, fragte mein Vater. »Warum hast du uns nichts davon erzählt? Sonst hast du doch auch keine Geheimnisse vor uns.«

»Warum hast du mir nicht erzählt, dass du etwas am Herz hast?«, gab ich zurück.

»Weil ein Herzgeräusch keine große Sache ist«, erwiderte mein Vater.

»Genauso wenig wie ein Feuerzeug«, beharrte ich.

»Warum hast du es dann versteckt?«, fragte meine Mutter.

»Weil ich wusste, ihr würdet es mich nicht behalten lassen. Vor allem du nicht, Mom. Jeder weiß, was für eine Sorgenliese du bist.«

»Eine *Sorgenliese*?«, sagte meine Mutter.

»Das hat Onkel James gesagt.«

»Also, Onkel James sollte sich um seinen eigenen Kram kümmern«, sagte meine Mutter schnippisch, und ihre Wangen liefen rot an. »Er hat keine Ahnung, wie man ein Kind erzieht.«

»Aber du?«, fragte ich.

»Was soll das heißen?«, sagte meine Mutter, und ich merkte, dass sie gekränkt war.

»Rory hat das bestimmt nicht so gemeint, wie es geklungen hat«, sagte mein Vater.

Ich wusste nicht genau, wie ich das gemeint oder warum ich das gesagt hatte. Es kam einfach so heraus. Seit ich dieses Foto gesehen hatte, war ich verwirrt und innerlich verknäuelt wie die Halsketten in der Schmuckschatulle meiner Mutter. Ich konnte nicht klar denken, und dass meine Eltern mich mit Fragen über das Feuerzeug löcherten, war auch nicht sehr hilfreich.

»Was in aller Welt willst du überhaupt mit so einem alten Feuerzeug?«, fragte mein Vater.

»Hast du als Kind nie etwas Tolles gefunden, das du behalten wolltest?«, fragte ich zurück.

Er nickte. »Pfeilspitzen und Kronkorken.«

»Das ist nicht dasselbe«, sagte meine Mutter, deren Wangen noch röter wurden. »Roy, sag ihr, dass das nicht dasselbe ist.«

»Warum machst du so einen Wirbel, Mom? Ist doch bloß ein blödes altes Feuerzeug. a) Es funktioniert gar nicht, und b) versuch es doch selbst, wenn du mir nicht glaubst.«

Meine Mutter schnippte schweigend die Kappe auf – *svvvit!* Dann presste sie den Daumen auf das kleine Rad und drückte es nach unten. Es klickte, gefolgt von einem Funken. Eine gelbe Flamme leuchtete auf.

»Lass es sie in Ruhe erklären, Rube.«

»Was erklären?«, fragte ich und merkte, wie auch meine Wangen rot wurden.

»Jetzt beruhigen wir uns alle erst mal«, sagte mein Vater.

»Ich bin ruhig«, sagte ich zu ihm. »Ihr seid diejenigen, die sich komisch verhalten.«

»Warst du wegen der Truhe beleidigt?«, fragte meine Mutter. »Liegt es daran?«

»Warum sollte ich wegen der Truhe beleidigt sein, Mom?

Ich hab Dad geholfen, dass es ein Geheimnis bleibt, schon vergessen?«

»Du hast gesagt, dass du sie gerne hättest, damit du deine Sommerkleider im Winter und deine Winterkleider im –«

»Was hat das denn damit zu tun?«, fiel ich ihr ins Wort.

Meine Mutter sah meinen Vater an.

»Roy?«, sagte sie bittend, während ihr die erste Träne über die Wange lief. »Ich brauche deine Hilfe.«

Mein Vater stand auf und räusperte sich. Irgendetwas war im Argen.

»Als deine Mutter das Feuerzeug gefunden hat, hat sie befürchtet – haben wir beide befürchtet, du könntest es …«

»Was?«, fragte ich alarmiert.

»Wenn Leute sehr verärgert sind oder sie sich gekränkt fühlen, tun sie manchmal Dinge, die sie später bereuen«, erklärte meine Mutter. »Schlimme Dinge.«

Wovon redete sie? Welche schlimmen Dinge sollte ich angestellt haben?

Plötzlich dämmerte es mir.

»Ihr glaubt, ich hab das Feuer gelegt«, sagte ich.

»Hast du?«, fragte meine Mutter leise.

Ich hatte das Gefühl, als würde mein Kopf gleich platzen.

»Seid ihr verrückt?«, rief ich und sprang so schnell vom Stuhl auf, dass er krachend nach hinten fiel. »Glaubt ihr vielleicht auch, ich wollte, dass Duck davonläuft?«

»Natürlich nicht«, sagte meine Mutter. »Wir wollen es ja nur verstehen.«

»Was verstehen? Warum ich das Haus anzünden und den einzigen Freund, den ich je hatte, verjagen sollte?«

»Beruhigen wir uns doch alle«, sagte mein Vater wieder.

»Nein!«, schrie ich ihn an. »Ich will mich nicht beruhigen!«

»Reiß dich zusammen, Aurora«, sagte er.

»Reiß dich selber zusammen«, gab ich zurück. »Sie beschuldigt mich, das Feuer gelegt zu haben, Dad.«

»Nicht nur ich«, sagte meine Mutter ruhig.

Ich drehte mich um und sah meinen Vater an.

»Du glaubst nicht wirklich, dass ich das tun würde, oder, Dad?«

Er senkte den Blick auf seine Schuhe.

»Ich weiß nicht, was ich denken soll«, sagte er.

»Toll. Dann könnt ihr ja hierbleiben und Schlimmes über mich denken. Ich geh nach Hause und suche Duck, und wagt es nicht, mich aufzuhalten.«

Im Flur nahm ich die Regenjacke meines Vaters vom Haken und stürmte zur Haustür hinaus in den strömenden Regen. Da ich nicht genau wusste, in welche Richtung ich gehen musste, lief ich einfach drauflos. Es dauerte nicht lange, bis mein Vater neben mir im Auto hielt und das Fenster herunterrollte.

»Komm rein«, rief er.

Ich war barfuß, und die Regenjacke war mir viel zu groß. Inzwischen goss es in Strömen, und der Regen peitschte mir schräg ins Gesicht, so wie Lindseys Hand den Gummiball auf den Pausenhof geschmettert hatte.

»Bitte, Rory«, bat mein Vater mich. »Steig ins Auto.«

Wahrscheinlich hätte ich sowieso nicht allein nach Hause gefunden, vor allem ohne Schuhe, aber ich dachte nicht daran, kampflos aufzugeben.

»Ich steig nur ein, wenn du mich nach Hause fährst, damit ich Duck suchen kann.«

Er griff über den Beifahrersitz und entriegelte die Tür.

»Versprochen?«, fragte ich.

»Versprochen.«

Ich stieg ein, und mein Vater drehte die Heizung auf volle Stärke. Trotzdem dauerte es eine Weile, bis ich nicht mehr mit den Zähnen klapperte. Ich rieb mir die Stirn mit dem Knöchel, aber weil ich das am Vormittag schon so oft gemacht hatte, tat sie nun weh, und ich klopfte stattdessen auf den Rand meines Sitzes.

»Deine Mutter hat vorhin ein paar Kleider und ein Paar Schuhe zusammengepackt, als wir im Haus waren«, sagte mein Vater und schob mir eine Plastiktüte über den Sitz zu. »Die Sachen könnten ein bisschen rauchig riechen, aber sie sind wenigstens trocken.«

Ich wollte mich nicht vor meinem Vater umziehen. Außerdem würde alles, was ich anziehen würde, sowieso nass werden. Aber für die Socken und Schuhe war ich dankbar. Meine Füße fühlten sich an wie Eiszapfen.

»Rory«, setzte mein Vater an, »was da eben vorgefallen ist –«

Ich unterbrach ihn, bevor er weiterreden konnte.

»a) Ich will nicht darüber reden, was eben vorgefallen ist, und b) wenn du mich zwingst, darüber zu reden, steige ich sofort wieder aus. Verstanden?«

»Verstanden«, sagte mein Vater. »Ist es in Ordnung, wenn ich das Radio einschalte?«

Ich zuckte die Schultern.

Diesmal sangen wir nicht mit. Was mich anging, gab es nichts zu singen, bis wir Duck fanden.

## 9

# Mehr, als ein Schlüssel das Drehen liebt

Das Haus sah wie ein riesiger, in eine Plastiktüte eingehüllter Brotlaib aus. Das Dach war in der Mitte eingestürzt, die Hälfte der Fenster war kaputt, und der Garten sah aus, als wäre eine Büffelherde durchgestürmt.

»Duck!«, rief ich und hüpfte aus dem Auto, noch ehe mein Vater den Motor abgestellt hatte. »Hierher, Junge!«

Mein Vater kam zu mir, und wir gingen zusammen durch den Garten und über das Feld hinter dem Haus, wir pfiffen und riefen Ducks Namen, bis wir heiser waren. Nach ungefähr einer Stunde gingen wir zurück.

»Wir müssen los, Rory«, sagte mein Vater. »Deine Mutter macht sich sonst Sorgen.«

Mich interessierte nicht, ob sie sich Sorgen machte, und ich war auch noch ein bisschen sauer auf meinen Vater. Er hätte für mich eintreten müssen.

»Ich geh nicht zurück«, sagte ich. »Erst wenn wir Duck gefunden haben.«

Wahrscheinlich liefen wir unsere Straße zehnmal auf und ab und hielten jedes vorbeifahrende Auto an, um zu fragen, ob sie einen schwarzen Hund mit rotem Halsband gesehen hatten. Ich kann mir nur vorstellen, was die Leute dachten, als sie mich schreiend und mit den Armen winkend in dieser riesigen Regenjacke und dem schlammbespritzten Nachthemd sahen, das unten heraushing. Jeder hielt an, einige boten sogar an, bei der Suche zu helfen, aber niemand hatte Duck gesehen.

Kalt, nass und entmutigt stiegen wir schließlich ohne ihn wieder ins Auto.

Inzwischen fiel es mir schwer, weiter auf meinen Vater sauer zu sein.

»Und wenn wir ihn nie finden?«, fragte ich, als wir die Einfahrt hinunterfuhren.

»Das wäre sehr traurig«, antwortete er. »Aber wir könnten uns einen anderen Hund holen.«

»Ich will keinen anderen Hund!«, sagte ich und kämpfte mit den Tränen. »Ich will Duck!«

Er tätschelte mir das Knie.

»Ich weiß, Schatz«, sagte er. »Aber manchmal soll etwas nicht sein, egal wie sehr man es sich wünscht.«

»Er muss irgendwo da draußen sein«, sagte ich.

»Vielleicht hat ihn jemand gefunden. Wenn ja, bin ich sicher, dass man sich gut um ihn kümmert. Wir bleiben mit dem Tierheim in Verbindung, aber im Augenblick können wir nicht mehr tun, Baby Girl.«

Ich schob seine Hand weg und lehnte den Kopf an die

Scheibe. Ich wollte ihn etwas fragen, etwas, was an mir nagte, seit ich das Foto in der Schmuckschatulle meiner Mutter gefunden hatte.

»Empfindest du genauso viel für Heidi wie Mom?«

Es donnerte, und ein leuchtend gelber Blitz teilte den Himmel. Die Windschutzscheibe beschlug, und mein Vater wischte sie mit der Hand frei.

»Deine Mutter und Heidi stehen sich sehr nah«, sagte er. »Sie haben eine besondere Verbindung.«

»Du auch?«

»Worum geht es hier, meine Kleine?«, fragte mein Vater.

»Kannst du bitte einfach die Frage beantworten?«

Er schwieg eine Weile. Der auf das Dach prasselnde Regen hörte sich an wie Applaus.

»Heidi war ein liebes junges Mädchen, als sie hierherkam«, sagte er schließlich, »aber um ehrlich zu sein, kenne ich sie nicht sehr gut. Deine Mutter ist mit ihr in Kontakt geblieben.«

»Hast du dir genauso sehr wie Mom gewünscht, dass Heidi bleibt und bei euch lebt?«

»Klar«, sagte er. »Wir dachten, dass sie bei uns vielleicht ein besseres Leben hätte.«

»Aber sie wollte lieber nach Hause und bei Bernadette leben, stimmt's?«

»M-hm.« Mein Vater nickte. »Deine Mutter nahm es ziemlich schwer, als es nicht geklappt hat, aber dann bist du gekommen, und seitdem leben wir glücklich bis ans Ende unserer Tage.«

Plötzlich war ich so wütend, dass ich am liebsten gespuckt hätte.

»Bla, bla, bla!«, sagte ich und trat mit meinen dreckigen Schuhen gegen das Armaturenbrett.

»Hey!«, rief mein Vater. »Du bist kein Baby. Benutze gefälligst Worte.«

»*Bla* ist ein Wort«, sagte ich.

»Dann denk dir ein besseres aus und erkläre mir, warum du dich so aufregst. Und stell deine Füße auf den Boden, wo sie hingehören – du bist klug genug.«

Ich gehorchte und nahm die Füße vom Armaturenbrett. Aber ich war immer noch sauer.

»Wie kannst du sagen, dass wir glücklich bis ans Ende unserer Tage leben, wenn Duck immer noch vermisst wird und du und Mom denkt, ich hätte das Haus angesteckt? Was für ein Märchen.«

Er wandte sich zu mir und schaute mir direkt in die Augen.

»War es die Wahrheit, als du gesagt hast, du hättest geglaubt, das Feuerzeug würde nicht funktionieren?«

»Ich schwöre.«

»Das musst du nicht sagen«, erwiderte er.

»Ich hab das Feuer nicht gelegt, Dad. Ehrlich. Wahrscheinlich war es eine Maus, die eine Leitung durchgeknabbert hat, oder so. Wie Chief Strauss gesagt hat. Ich war es nicht, Dad. Du musst mir glauben.«

Ich rieb mir mit dem Knöchel über die Stirn, obwohl es wehtat.

»Hör auf«, sagte er, packte meine Hand und drückte sie fest. »Ich glaube dir.«

»Versprochen?«

»Versprochen.«

»Aber Mom glaubt immer noch, dass ich es war«, sagte ich.

»Ich rede mit deiner Mutter«, versprach er. »Keine Sorge – sie kriegt sich wieder ein.«

Auf der Rückfahrt hielten wir bei McDonald's, aber ich musste meinem Vater versprechen, es für mich zu behalten.

»Du weißt, wie deine Mutter zu Fast Food steht«, sagte er, als er eine Pommes in eine Pfütze Ketchup tauchte und sie verschlang.

Ich verschloss meine Lippen und warf den imaginierten Schlüssel weg.

Als wir bei Scotts und Julies Haus ankamen, empfing uns meine Mutter an der Tür.

»Glück gehabt?«, fragte sie. »Und sag mir bitte, dass das kein Ketchup auf deinem Ärmelaufschlag ist, Roy Franklin.«

Er grinste sie schief an.

»Tut mir leid, Rube«, sagte er. »Wir waren hungrig, und nein, Duck haben wir nicht gefunden.«

Meine Mutter wollte, dass ich mich mit ihr über das Geschehene redete, aber ich konnte nicht mehr reden.

»Lass sie«, sagte mein Vater und legte seinen Arm um Mom. »Es war ein langer Tag. Was hältst du davon, wenn du eine Kanne Kaffee aufsetzt und ich erzähle dir alles?«

»Was hältst du davon, wenn du den Kaffee machst?«, sagte sie. »Mein Tag war auch lang.«

Ich ging in mein Zimmer und zog mir die nassen Sachen aus. Meine Mutter hatte viel erledigt. Das Bett war gemacht, und auf dem Nähtisch lag ein Stapel frisch gewaschener Kleidung. Wie immer hatte meine Mutter alle T-Shirts von innen nach außen gedreht, bevor sie sie gefaltet hatte. Nachdem ich mir ein T-Shirt und eine warme Pyjamahose angezogen hatte, legte ich mich auf die klamme Luftmatratze und kroch unter die Decke. Draußen war es noch hell, eigentlich zu früh, um ins Bett zu gehen, aber ich war müde. Doch jedes Mal, wenn ich anfing wegzunicken, erschien vor mir das Bild meiner Mutter mit dem Arm um Heidi. Was hatte ich in ihrem Blick entdeckt? Der Regen hatte schließlich aufgehört und der Wind zugenommen, er rüttelte an den Fenstern und wehte durch die Äste der Bäume vor meinem Fenster.

*Soof,* flüsterten sie.

*Soof.*

Offenbar hatte ich lange geschlafen, denn als ich aufwachte, war es draußen dunkel, und das ganze Haus war still. Ich war hungrig und ging in die Küche, um mir einen Snack zu holen. Als ich den Kühlschrank öffnete, fiel ein kalter gelber Lichtstrahl über die Anrichte und spiegelte sich im Verschluss an der Schmuckschatulle meiner Mutter. Sie stand noch genau dort, wo ich sie abgestellt hatte. Mein Magen rumpelte wie ein Zug in einem Tunnel, aber ich ignorierte es. Damit ich etwas sah, ließ ich die Kühlschranktür einen Spalt offen, öffnete den Deckel und nahm das Foto heraus.

Alle schliefen. Ich hatte jede Menge Zeit, aber ich brauchte nicht lange, um es herauszufinden. Die Bäume vor meinem Fenster hatten versucht, es mir zu sagen. Sie kannten die Wahrheit, und ich kannte sie jetzt auch.

Es bestand kein Zweifel. Aus dem Blick meiner Mutter sprach eindeutig *Soof*.

# 10

# Mehr, als eine Uhr das Ticken liebt

Als ich am nächsten Morgen aufwachte, schien die Sonne hell, doch das Wetter passte nicht zu meiner düsteren Stimmung. Die ganze Nacht hatte ich mich hin und her gewälzt und über das Foto nachgedacht. Wie konnte meine Mutter mir erzählen, dass Heidi ihr Glück an sie weitergegeben hatte, wenn sie wusste, dass es nicht stimmte? Dass ich geboren wurde, hatte nichts mit Glück zu tun. Heidi war das Kind, auf das sie ihr Leben lang gewartet hatte. So viel stand fest, und daran war nichts zu ändern.

Ich stützte mich auf die Ellbogen und starrte aus dem Fenster. Die Bäume waren jetzt ruhig, sie hatten ihre Botschaft überbracht. Duck wurde nicht mehr vom Regen durchnässt, wo immer er gerade war, und zumindest dafür war ich dankbar. Ich schaute auf die Uhr. Halb acht. Mit etwas Glück ging im Tierheim in Rock Hill schon jemand ans Telefon. Wir hatten Duck chippen lassen, als er zu uns gekommen war, aber die Telefonnummer auf seinem Halsband gehörte zum Festnetzanschluss in unserem Haus, und ich hatte keine Ahnung, ob der Anrufbeantworter inzwischen wieder ging.

Das nächste Telefon befand sich im Wohnzimmer. Als ich dort eintrat, saßen meine Mutter und Julie auf der Couch. Julie strickte, und meine Mutter arbeitete an der Babydecke für Heidi, die sie offenbar aus unserem Haus mitgenommen hatte. Ich spürte einen Anflug von Wut. Kein Wunder, dass sie die Vorhänge aus dem Zimmer aufbewahrt hatte, in dem Heidi geschlafen hatte; alles, was mit Heidi zusammenhing, war ihr heilig.

»Guten Morgen, Aurora«, sagte meine Mutter. »Hast du gut geschlafen?«

»Warum interessiert dich das?«, murmelte ich. Dann ging ich in die Küche, wo, wie ich wusste, noch ein zweites Telefon stand. Nachdem ich mir von der Auskunft die Nummer des Tierheims besorgt hatte, rief ich dort an, doch es ging nicht mal der Anrufbeantworter ran, sodass ich keine Nachricht hinterlassen konnte. Da ich das Abendessen verschlafen hatte, war ich völlig ausgehungert. Ich machte mir eine Riesenschale Cornflakes – diesmal Lucky Charms – und nahm sie mit in mein Zimmer. Die Luftmatratze hatte offenbar ein kleines Loch, denn sie sah aus wie ein durchweichtes Sandwich, das man in der Sonne hatte liegen lassen. Mit einiger Genugtuung aß ich meine Cornflakes im Stehen, denn ich wusste, meiner Mutter würde das nicht gefallen. Bei uns zu Hause gab es kein Junkfood wie Froot Loops oder Lucky Charms. Meine Mutter benutzte keine Fertigprodukte, sondern schnitt alle möglichen

Nusssorten und Trockenfrüchte klein und vermischte alles in einer großen Schüssel mit Haferflocken, etwas Kokosöl und Honig. Ich aß den letzten Löffel Cornflakes und trank dann die süße rosa Milch aus der Schale.

*So*, dachte ich.

Es klopfte an der Tür.

»Lass mich in Ruhe«, murmelte ich.

»Ich bin's, Julie. Ich muss Garn holen.«

»Entschuldige«, sagte ich und öffnete ihr schnell die Tür. »Ich dachte, es wäre jemand anderes.«

»Du meine Güte«, sagte sie, als sie die platte Luftmatratze sah. »Auf dem Ding kannst du doch nicht schlafen. Wenn Scott nach Hause kommt, muss er die Matratze flicken.« Sie hielt einen Augenblick inne und sah sich im Zimmer um. »Hast du die Regale neu geordnet? Alles sieht so ... ordentlich aus.«

»Hoffentlich hast du nichts dagegen«, erwiderte ich. »Ich hab die Bücher ein bisschen umgestellt und ein paar von den oberen ausgetauscht, damit auf jedem Bord gleich viele von jeder Farbe stehen.«

»Vielen Dank«, sagte Julie.

Ich sah zu, wie sie in einem Kasten herumwühlte, bis sie fand, was sie suchte – ein Knäuel hellrotes Garn und noch ein weißes.

»Ich wollte euch neue Weihnachtsstrümpfe machen«, erklärte sie. »Deine Mutter meinte, die Weihnachtssachen standen oben auf dem Dachboden. Wie schade, all diese Erinnerungen zu verlieren.«

Ich war so mit meinen Gedanken an Duck beschäftigt gewesen, dass ich nicht daran gedacht hatte, was wir sonst noch durch das Feuer verloren haben könnten. Weihnachten war in unserer Familie eine große Sache. Am ersten Samstag im Dezember fuhren mein Vater und ich immer mit dem Pick-up zu Krasners Farm. Wenn wir den perfekten Baum gefunden hatten, kniete mein Vater sich hin und sägte mehrmals über den Stamm, so wie ein Geiger mit dem Bogen über die Saiten streicht. Sobald das Sägeblatt in der Rinde festsaß, packte ich das andere Ende der Säge, und wir drückten und zogen rhythmisch hin und her, bis der Baum schließlich nachgab und in den Schnee fiel wie eine Frau, die in einem grünen Ballkleid in Ohnmacht fällt. Dann warfen wir unsere Beute zusammen mit einem Kranz aus Tannenzweigen für die Haustür hinten auf den Pick-up und fuhren nach Hause, wo meine Mutter uns mit heißer Schokolade und Ingwerkeksen erwartete.

Meine Mutter strickte und nähte und werkelte das ganze Jahr über, aber an Weihnachten übertraf sie sich selbst. Jedes Jahr bastelte sie neuen Schmuck. Wir hatten ganze Scharen von gehäkelten Vögeln, die auf Zimtstangen saßen, und zarte Kränze aus Eukalyptusblättern, sorgfältig zusammengebunden mit rotem Band. In einem Jahr sammelte sie die Wunschknochen von jedem Hähnchen, das wir aßen, und legte sie zum Trocknen auf das Fensterbrett in der Küche. Nachdem sie sie silberfarben angemalt hatte, klebte sie auf jeden oben eine Glasperle für den Haken. Das war mein Lieblingsschmuck. Wenn sie an den Zweigen hingen, fingen die silbernen Knochen das Licht ein und schimmerten wie kleine Wünsche, die darauf warteten, erfüllt zu werden.

Im Gegensatz zu meiner Mutter war ich handwerklich überhaupt nicht begabt. Erstens konnte ich es nicht leiden, wenn meine Finger klebten. Ich mochte auch keinen Glitter, obwohl wir jedes Jahr im Kunstunterricht Weihnachtsbaumschmuck bastelten und meine Mutter jedes einzelne Stück aufbewahrt hatte: aus Papier ausgeschnittene Schneeflocken, einen riesigen, halbherzig mit grünem Glitter bestäubten Tannenzapfen, mehrere aus Pfeifenreinigern gebastelte Schneemänner und das schiefe Rentier aus Eisstielen, das sich in dem Feuer in Einzelteile aufgelöst hatte.

Julie starrte mich an.

»Ist alles in Ordnung, Liebes?«, fragte sie. »Du siehst aus, als wärst du tausend Meilen entfernt.«

»Tut mir leid«, sagte ich. »Ich hab nur nachgedacht.«

Julie schickte sich an zu gehen, aber dann zögerte sie.

»Ich weiß, es geht mich nichts an«, sagte sie, »aber deine Mutter leidet im Augenblick sehr. Sie hat den ganzen Vormittag geweint. Ich glaube, es wäre gut, wenn du dich zu ihr setzen und mit ihr reden würdest.«

Ich spürte wieder einen Anflug von Ärger, und zwar einen ziemlich starken.

»Hat sie dir erzählt, dass sie glaubt, ich hätte das Feuer gelegt?«, fragte ich.

Julie fühlte sich unbehaglich.

»Sie hat überreagiert. Inzwischen glaubt sie das nicht mehr,

Aurora. Du musst verstehen, dass sie sehr aufgebracht war, als sie das Feuerzeug fand. Du weißt doch, dass sie sich ständig Sorgen macht. Und ob du es glaubst oder nicht, als du klein warst, war es noch schlimmer. Deine Mutter hat jedes Niesen und Bäuerchen in ihr Baby-Tagebuch eingetragen.«

Julie übertrieb nicht. Eines Tages hatte ich das Tagebuch auf einem Regal im Wohnzimmer entdeckt. Es war ein kleines viereckiges Buch mit einem abgegriffenen blauen Deckel und einem dünnen, in den Rücken eingenähten Satinband, das als Lesezeichen diente. *ERSTES BABYJAHR* stand in geprägter Goldschrift auf dem Deckel.

Die ersten paar Seiten waren voller Einzelheiten über den Tag meiner Geburt, einschließlich einem winzigen Plastikarmband aus dem Krankenhaus mit dem Aufdruck *Franklin, Mädchen*. Außerdem eine Liste von Namen, die meine Eltern in Betracht gezogen hatten, bevor Heidi vorgeschlagen hatte, mich Aurora zu nennen. Als Nächstes folgte eine lange Liste von wichtigen Ereignissen, jedes versehen mit zwei daneben geschriebenen Daten. Eins dafür, wann ich es getan hatte, und eins dafür, wann ich es laut der vielen Babybücher, die gestapelt neben Moms Bett standen, hätte tun müssen.

Ich war kein einfaches Baby gewesen. Weil ich Koliken hatte, sorgte sich meine Mutter ständig darum, was an einem Ende in mich rein- und am anderen wieder rauskam. Mein Vater war keine große Hilfe – nicht weil es ihm gleichgültig war, er war nur nie da. Darum war meine Mutter allein mit einem pingeligen Baby, und niemand sagte ihr, sie solle sich nicht stressen. Ironischerweise hatte sie sich am häufigsten in einem großen Schaukelstuhl aus Eiche gesorgt, der immer noch in einer Ecke in unserem Wohnzimmer stand. Sie schaukelte und sorgte sich und schüttete ihr Herz auf den Seiten ihres Baby-Tagebuchs aus, das sie wie ein verwittertes blaues Boot durch die raue See des ersten Jahrs ihrer Tochter trug.

Julie verließ mit dem Garn das Zimmer.

»Hey«, rief ich ihr hinterher. »Weißt du, wo mein Vater ist?«

Ich wollte ihn fragen, ob er schon etwas vom Tierheim in Rock Hill gehört hatte.

»Er ist bei der Arbeit, Liebes«, sagte Julie. »Seit ungefähr einer Stunde.«

Toll. Sollte ich jetzt vielleicht den ganzen Tag im Haus herumhängen und meiner Mutter aus dem Weg gehen? Plötzlich kam mir etwas in den Sinn.

»Wieso arbeitet er an einem Sonntag?«, fragte ich.

Julie sah mich komisch an.

»Heute ist Montag, Liebes.«

»Montag?« Ich schaute auf die Uhr. Sie zeigte immer noch halb acht an. Das Kabel, das seitlich am Tisch baumelte, war ausgesteckt. »Wie spät ist es?«, fragte ich.

Julie schaute auf die Uhr.

»Halb zehn«, antwortete sie.

So viel zu meiner perfekten Anwesenheitsliste. Ich kam zu spät zur Schule.

# 11

# Mehr, als ein Ohr das Hören liebt

Auf der Fahrt zur Schule sprach ich kaum mit meiner Mutter. Als ich sie fragte, warum sie mich nicht wie sonst um Viertel vor sieben aufgeweckt hatte, erklärte sie, sie hätte angenommen, dass ich unter den gegebenen Umständen nicht zur Schule gehen wolle.

»Unter den gegebenen Umständen hast du falsch angenommen«, sagte ich und klopfte mir dreimal auf die Nase. »Falls du es vergessen hast, was offenbar der Fall war, ich hatte eine lückenlose Anwesenheitsliste. Jedenfalls bis heute. Dank dir hab ich jetzt einen großen dicken Eintrag wegen Unpünktlichkeit.« Klopf, klopf, klopf.

»Tut mir leid, Schätzchen«, sagte meine Mutter. »Wahrscheinlich hätte ich dich fragen sollen. Ich kann mit Mr Taylor sprechen. Ich bin sicher, er hat Verständnis.«

In Wahrheit war mir meine vermasselte Anwesenheitsliste egal. Verglichen mit allem anderen, was gerade ablief, war das ziemlich banal.

»a) Ich möchte nicht, dass du mit Mr Taylor sprichst. Ich möchte, dass du mich in Ruhe lässt. Und b) nenn mich nicht mehr Schätzchen.«

»Aurora«, sagte meine Mutter, und ihre Augen schwammen wieder in Tränen. »Ich weiß, dass du wegen gestern wütend auf mich bist. Ich wollte deine Gefühle nicht verletzen.«

»Bla, bla, bla«, sagte ich und hielt mir die Ohren zu. »Bla, bla, bla, bla, bla.«

Den Rest des Wegs fuhren wir schweigend weiter, unterbrochen nur vom Schniefen meiner Mutter. Was mich betraf, konnte sie ruhig weinen. Sie hatte mich mein Leben lang angelogen, und ich hatte ein Recht, sauer auf sie zu sein.

Mr Taylor machte einen Riesenwirbel, als ich in die Klasse kam. Er erklärte, dass heute Morgen eine Sonderversammlung stattgefunden hatte, um zu diskutieren, was mir und meinen Eltern am Wochenende zugestoßen war.

»Deine Klassenkameraden und ich haben uns gefragt, ob wir etwas tun können, um euch zu helfen«, sagte er zu mir.

»Braucht ihr Essen?«, fragte Brian Tucker. »In unserer Gefriertruhe liegt ein ganzer Schinken. Bei uns mag niemand Schinken, ich kann meine Mutter also fragen, ob ihr ihn haben könnt. Und eine eingefrorene Lasagne könnte da auch noch sein.«

Ich war ziemlich sicher, dass Brian Tucker noch nie richtig mit mir gesprochen, geschweige denn mir einen eingefrorenen Schinken angeboten hatte.

»Nein, danke«, sagte ich. »Wir wohnen bei einer befreundeten Familie in North Branch, bei denen sind wir gut versorgt. Zum Frühstück hatte ich Lucky Charms.«

»Die mag ich auch«, sagte Brian.

»Wurdest du in dem Feuer verletzt?«, fragte Kristie Minor, eins der Mädchen, das an dem Tag, als ich Lindseys silbernen Anhänger gefunden hatte, Foursquare gespielt hatte. »Mein Onkel hat sich nämlich mal bei einem Brand verletzt, und sie mussten ihm ein Stück Haut von seinem Hintern ins Gesicht transplantieren.«

Alle fingen an zu lachen, und Mr Taylor klatschte in die Hände.

»Hier gibt es nichts zu lachen«, sagte er zu der Klasse. »Stellt euch vor, das wäre euch passiert. Stellt euch vor, ihr hättet euer Zuhause und all eure Habseligkeiten verloren.«

Im Klassenzimmer wurde es still.

»Entschuldige, Aurora«, sagte Kristie. »Ich wollte mich nicht über dich lustig machen.«

Lindsey Toffle meldete sich.

»Hast du eine Frage?«, fragte Mr Taylor.

»Eigentlich eher einen Kommentar«, sagte sie. »Mein Vater war einer der Feuerwehrleute, die den Brand gelöscht haben. Ich bin sogar ziemlich sicher, dass er als Erster dort war, damit ist er wohl so was wie ein Held.«

Ich dachte an die Art, wie Lindseys Vater mit mir gesprochen hatte, als ich ihn gefragt hatte, ob sie Duck gefunden hätten. *Einen Hund haben wir nicht gefunden.* In dem Moment kam mir die Idee. Es gab etwas, wobei ich Hilfe brauchte. Etwas sehr Wichtiges.

»Ich muss Handzettel machen«, sagte ich. »Um sie in der Stadt aufzuhängen. Mein Hund Duck ist nach dem Feuer davongelaufen, und ich suche ihn noch.«

»Hast du ein Foto von deinem Hund, damit wir ihn auf dem Handzettel abbilden können?«, fragte Mr Taylor.

Ich schüttelte den Kopf.

»Zu Hause habe ich viele Bilder, aber im Augenblick dürfen wir ohne Erlaubnis des Feuerwehrchefs nicht ins Haus.«

»Dann brauchen wir auf den Handzetteln wohl eine Zeichnung statt eines Fotos«, sagte Mr Taylor.

Ich nickte.

»Was meint ihr, Freunde?«, fragte er die Klasse. »Sollen wir Aurora helfen, die Handzettel zu erstellen?«

Jubelgeschrei erhob sich, zusammen mit Lindseys Hand.

»Setzt ihr eine Belohnung aus?«, fragte sie.

Daran hatte ich nicht gedacht. Mein Sparschwein war völlig leer. Mein letztes Taschengeld hatte ich für Ducks rotes Halsband und eine dazupassende Leine ausgegeben.

»Wie wäre es mit dem Schinken?«, schlug Brian vor.

»Deinen blöden Schinken will niemand«, fauchte Lindsey.

»Mr Taylor?«, sagte ich. »Tragen Sie mich heute als verspätet ein?«

Mr Taylor schüttelte den Kopf.

»Heute zählt nicht«, sagte er. »Wir sind froh, dass du hier bist. Keine Sorge, dein Rekord steht noch.«

»Danke«, sagte ich. »Aber ich habe nur gefragt, weil ich glaube, dass ein Kirschkuchen vielleicht eine gute Belohnung für den Finder von Duck wäre.«

Mr Taylor lächelte.

»Donnerwetter, das ist eine geniale Idee«, sagte er.

Aus den Augenwinkeln sah ich, wie Lindsey eine Grimasse zog. Schon das ganze Schuljahr über hatte sie versucht, sich bei Mr Taylor einzuschmeicheln, aber es schien nie zu funktionieren.

»Könntest du uns bitte deinen Hund beschreiben, Aurora?«, fragte Mr Taylor, während er weiße Blätter und Filzstifte austeilte.

»Er ist schwarz und trägt ein rotes Halsband«, sagte ich. »Er wiegt ungefähr dreißig Kilo, und seine Ohren riechen innen nach Popcorn.«

Lindsey verdrehte die Augen. »Wie sollen wir das denn zeichnen?«

»Sie hat nicht gesagt, dass es gezeichnet werden soll, Lindsey«, gab Kristie zurück. »Sie erzählt uns nur, wie Duck ist, stimmt's, Aurora?«

Ich konnte kaum fassen, dass Kristie Minor sich gegen Lindsey auf meine Seite stellte.

»Ja«, sagte ich. »Ich glaube schon.«

Da es nicht genug schwarze und rote Filzstifte für alle gab, zeichneten einige Schüler grüne Hunde mit blauen Halsbändern oder orangefarbene Hunde mit rosa Halsbändern. Stephanie Morris zeichnete aus einem unerfindlichen Grund ein

Einhorn, das über einen Regenbogen sprang, aber Mr Taylor bestand darauf, dass sie es wegwarf und von vorne anfing. Jeder in der Klasse zeichnete mindestens einen Handzettel. Lindseys war einer der besten. In den Vordergrund zeichnete sie Duck, der über die Schulter auf ein Haus blickt, aus dessen Fenstern orangefarbene Flammen schießen. Irgendwie gelang es ihr sogar, Duck einen besorgten Blick zu verpassen.

»Danke«, sagte ich, als sie mir das Bild zeigte. »Echt gut.«

»Ich weiß«, sagte sie. »Darum behalte ich es wahrscheinlich und hänge es nicht auf. Wenn es regnet, könnte es ruiniert werden.«

»Oh«, sagte ich. »Okay.«

»Aber du kannst dir mein Bettelarmband ausleihen. Ich meine, nicht zum Mit-nach-Hause-Nehmen, nur um es eine Weile zu tragen. Vorher musst du dir aber die Hände waschen, und du darfst die Anhänger nicht anfassen oder fallen lassen oder es über dein Pult schleifen, weil es zerbrechlich ist. Du weißt ja, was schon passiert ist.«

»Ja, ich weiß«, sagte ich.

Aber ich wollte ihr blödes Armband gar nicht. Mir war nur wichtig, Duck zu finden.

»Freunde«, sagte Mr Taylor, als wir mit dem Zeichnen fertig waren, »Teil zwei unseres Projekts besteht darin, dass ihr die Handzettel heute Nachmittag mit nach Hause nehmt und sie irgendwo gut sichtbar aufhängt.«

Ich sah Lindsey an, ob sie auch zuhörte, aber sie war mit ihrem Armband beschäftigt.

Beim Mittagessen fragte Joanne Kriskowsky, ob sie sich zu mir setzen dürfe.

»Du kannst eine Hälfte von meinem Sandwich haben, wenn du willst«, sagte sie.

In unserer Eile, heute Morgen aus dem Haus zu kommen, hatte meine Mutter vergessen, mir ein Lunchpaket zu machen, und ich hatte kein Geld, mir ein warmes Mittagessen zu kaufen. Auch andere Schüler kamen ständig und boten mir etwas an. Brian Tucker gab mir sogar seinen Fruchtriegel.

Eigentlich hätte ich dankbar sein sollen, dass alle so nett zu mir waren, aber mir war nicht danach zumute – ich war nervös. Ich war es gewohnt, mittags allein zu essen, darum fiel mir nichts ein, was ich hätte sagen können. Ich saß also da und kratzte meine zappelnden Beine unter dem Tisch. Als nach dem Essen schließlich alle nach draußen auf den Pausenhof gingen, eilte ich den Flur entlang zu Mrs Strawgates Büro.

»Aurora!«, rief sie und sprang von ihrem Stuhl auf, als sie mich sah. »Ich bin froh, dass du vorbeikommst. Ich habe an dich gedacht.«

Sie stellte mir jede Menge Fragen über das Feuer und wie es mir ginge. Ich mochte Mrs Strawgate – in ihrem Büro standen immer echte Blumen, und sie konnte gut zuhören. Aber ich war gekommen, um sie etwas zu fragen.

»Was ist der Unterschied zwischen einem Geheimnis und einer Lüge?«, fragte ich.

Sie dachte eine Weile nach.

»Eine sehr interessante Frage«, sagte sie. »Aus dem Stegreif würde ich sagen, ein Geheimnis ist etwas Persönliches, das man für sich behält, und eine Lüge ist etwas, was man jemand anderem erzählt, obwohl man weiß, dass es nicht stimmt.«

»Und was ist, wenn jemand beides tut – ein Geheimnis bewahrt und jemanden anlügt? Wie nennt man das?«

»Kompliziert«, antwortete sie.

Am Nachmittag konnte ich mich im Unterricht nicht konzentrieren, deshalb sagte Mr Taylor zu mir, es wäre in Ordnung, wenn ich nicht teilnehmen und stattdessen noch ein paar Handzettel zeichnen würde.

Wenn ich mich fest auf etwas konzentrierte, machte ich manchmal Geräusche mit der Zunge – schnalzen und klicken. Ich selbst merkte es nicht, aber als einige Schüler sich in der Lesezeit beklagten, dass ich sie ablenkte, ließ Lindsey Toffle es sich nicht nehmen, Mr Taylor zu fragen, ob er mein Pult nicht draußen auf den Flur stellen könne. Er lächelte höflich und erklärte ihr, wenn sie Probleme habe, ihre Arbeit zu erledigen, könne sie gern mit ihrem Pult in den Flur ziehen.

Einige meiner früheren Lehrer hatten sich über mich geärgert, wenn ich im Unterricht nicht still sitzen konnte. Aber weil ich wusste, dass sie mich beobachteten, wurde ich noch zappeliger. Mr Taylor war nicht so. Auf seinem Pult stand ein Korb mit Fidget Spinners. Die Schüler durften sich einen davon nehmen, wann immer sie wollten, und manchmal benutzte Mr Taylor sogar selber einen.

Bevor der Unterricht zu Ende ging, sagte Mr Taylor, unsere

einzige Hausaufgabe für heute sei das Aufhängen der Handzettel.

»Yippie! Wir bringen Duck nach Hause!«, sagte er, und alle jubelten begeistert.

Obwohl ich mir Sorgen um Duck machte und sauer auf meine Mutter und überhaupt am Boden zerstört war, war es schön zu sehen, wie alle ihre Handzettel in ihre Hausaufgabenmappen packten. Vielleicht, ganz vielleicht würde einer ja seinen Zweck erfüllen.

Weil meine Mutter noch nicht da war, als ich nach draußen kam, setzte ich mich auf den Randstein und wartete. Zwanzig Minuten später tauchte sie schließlich auf.

»Tut mir leid, dass ich zu spät dran bin«, sagte sie. »Ich musste neue Schindeln für das Dach aussuchen, und das hat länger gedauert, als ich dachte. Wie war die Schule?«

Ich zuckte die Schultern. »Wir haben Handzettel gemacht, die helfen sollen, Duck zu finden.«

»Das ist schön«, sagte sie.

Schweigend fuhren wir weiter. Dann bog meine Mutter bei Dairy Queen ein und schaltete den Motor aus.

»Hast du heute Hausaufgaben? Ich dachte nämlich, wir könnten vielleicht beide ein Eis gebrauchen«, sagte sie. »Geht auf mich.«

»Mom, ich bin nicht dumm«, sagte ich. »a) Wir wissen beide, dass du mich nur zu einem Eis einlädst, damit wir reden, und b) ich will nicht mit dir reden. Ich will Handzettel aufhängen. Das war's. Ende. Kein Wort mehr.«

»Wie du willst«, sagte meine Mutter, »aber ich hole mir einen Toffee-Eisbecher zum Mitnehmen. Bin gleich wieder zurück.«

Da sie sich sowieso ein Eis holte, dachte ich, ich könnte mir auch eins gönnen. Meine Mutter schlug vor, dass wir unser Eis drinnen und nicht im Auto essen. Der Typ hinter der Theke war langsamer als eine Schnecke, und obwohl unsere Bestellung einfach war, brachte er zweimal das Falsche.

»Danke für das Eis«, sagte ich zu meiner Mutter, als wir uns in einer Nische gegenübersaßen. »Aber das heißt nicht, dass wir reden.«

»Okay«, erwiderte sie, pflückte die Kirsche von ihrem Eis und steckte sie in den Mund.

Beim Eintreten war mir eine Pinnwand aufgefallen, an der Anzeigen und Ankündigungen für Flohmärkte und Tombolas in der Stadt hingen. Als ich mit meinem Eis fertig war und mir auf der Toilette die Hände gewaschen hatte, ging ich zum Auto, um einen Handzettel zu holen, den ich aufhängen wollte. Hierher kamen jede Menge Leute. Vielleicht hatte jemand ja Duck gesehen.

Meine Mutter hielt ihr Versprechen und redete nicht mit mir, während wir unser Eis aßen. Sie fragte nur, ob ich noch eins wollte, was ich ablehnte. Als wir zum Auto zurückgingen, summte ihr Handy. Es war eine SMS von Julie, und als sie fertig gelesen hatte, leuchteten ihre Augen.

»Ich schätze, einer deiner Handzettel hat funktioniert«, sagte sie. »Julie hat eben einen Anruf bekommen.«

Mein Herz machte einen Satz.

»Wegen Duck?«

Sie nickte.

»Jetzt holen wir deinen Hund ab.«

# 12

# Mehr, als ein Schwanz das Wackeln liebt

Piep-Piep-boppity-biep kapau!«, krächzte ich.

»Keine Übersetzung notwendig.« Meine Mutter lachte. »Ich beherrsche dein Piepisch vielleicht nicht fließend, aber ich bin ziemlich sicher, das heißt, du freust dich, dass Duck nach Hause kommt.«

»Wie weit noch?«, fragte ich.

»Die Adresse ist am anderen Ende der Stadt. In ungefähr zehn Minuten dürften wir dort sein.«

Ich konnte es nicht fassen. Nur zehn Minuten, bis ich Duck umarmen konnte. Zehn Minuten, bis ich ihn auf den Kopf küssen konnte, und, Mannomann, zehn Minuten fühlen sich wie eine Million Jahre an, wenn man es kaum erwarten kann, seinen Hund wiederzusehen.

»Drück auf die Tube!«, rief ich glücklich.

Meine Mutter lachte wieder.

»Wo um alles in der Welt hast du diesen Ausdruck aufgeschnappt?«, fragte sie.

»Mr Taylor sagt das ständig. Er sagt auch *kommt in die Puschen, heiliger Strohsack* und *heiliger Bimbam.*«

»Heiliger Bimbam?«

»Ich weiß nicht genau, was das heißt«, sagte ich, »aber es ist definitiv etwas Gutes.«

Meine Mutter lächelte.

»Mr Taylor ist auch gut, oder?«

»Er ist der beste Lehrer der Welt«, sprudelte ich hervor. »Er zwingt mich nicht, bei allem mitzumachen, er lässt mich alle Os auf den Pinnwänden ausmalen, und heute hat er zu Lindsey Toffle gesagt, sie könne gern selbst auf den Flur umziehen, wenn ihr die Geräusche nicht gefallen, die ich von mir gebe.«

»Welche Geräusche hast du von dir gegeben?«, fragte meine Mutter und sah mich an.

»Keine, die du nicht schon gehört hast. Inzwischen müssten wir fast da sein. Kannst du nicht schneller fahren?«

Meine Mutter ignorierte die Frage und behielt die Geschwindigkeit bei.

»Ich finde es schön, dass wir wieder miteinander reden«, sagte sie. »Du hast mir gefehlt.«

»Mom«, stöhnte ich. »Nicht jetzt.«

Endlich freute ich mich wieder über etwas – musste sie das mit ihrem abgedroschenen *Du hast mir gefehlt* ruinieren?

»Lass mich bitte ausreden«, beharrte meine Mutter. »Ich muss das loswerden.«

»Na gut«, sagte ich, verschränkte die Arme und stieß einen tiefen Seufzer aus. »Ich höre.«

»Was ich gesagt habe, nachdem ich das Feuerzeug fand, tut mir wahnsinnig leid«, setzte sie an. »Ich weiß, du hättest nie etwas getan, was deine Familie in Gefahr bringt. Es war schrecklich, dass ich das gesagt habe, und es tut mir mehr als leid.«

Mir war klar, ich sollte jetzt sagen, dass ich ihr verzeihe oder dass es in Ordnung war oder sie solle sich keine Sorgen machen ... doch so schlecht ich mich gefühlt hatte, als sie mir vorwarf, ich hätte das Feuer gelegt, es war nicht der Hauptgrund, warum ich so sauer auf sie war. Wenn ich sagen würde, dass ich ihr verzeihe, hätte ich ihr ebenso gut alles verzeihen können. Dazu war ich nicht bereit, und ich wusste nicht, ob ich es je wäre.

»Wenn du meinst«, sagte ich stattdessen zu ihr.

Es war klar, dass dies nicht die erhoffte Antwort war, doch im Augenblick konnte ich ihr nichts anderes sagen. Ein paar Minuten später fuhren wir langsamer, bogen vom Highway ab und krochen eine schmale unbefestigte Straße entlang. Die Häuser waren klein und standen eng zusammen, die Gärten waren voller Unkraut und Plastikspielsachen.

»Laut Julies SMS ist es Bryer Road 54, aber siehst du Nummern an den Häusern?«, fragte meine Mutter und verrenkte sich den Hals.

»Da ist es!«, rief ich und zeigte auf ein grünes Haus, an dessen Briefkasten seitlich ein paar verblasste Zahlen fast abfielen. In der Einfahrt war ein altes Auto auf Steinen aufgebockt, und in der Mitte des Gartens stand ein Schneemobil mit einem Schild mit der Aufschrift *ZU VERKAUFEN*. Ich sah mich um, aber nirgendwo eine Spur von Duck.

»Ich seh mal nach, ob wir auch wirklich richtig sind«, sagte meine Mutter, doch noch ehe sie die Nachricht auf ihrem Handy lesen konnte, flog die Fliegengittertür auf und eine dünne Frau mit Zigarette trat heraus. Sie trug Shorts und ein Tanktop mit einer großen roten aufgedruckten Zunge.

»Ihr sucht euren Hund?«, rief sie uns zu.

»Geht es ihm gut?«, fragte ich und sprang aus dem Auto. »Er ist doch nicht verletzt, oder?«

»Scheint ihm gut zu gehen. Mein Mann hat ihn heute früh erwischt, als er im Müll rumgewühlt hat. Wahrscheinlich war er hinter den Hähnchenknochen her, die ich gestern Abend reingeworfen habe.«

Armer Duck. Nachdem er drei Tage auf sich allein gestellt war, war er vermutlich hungrig. Heute Abend würde ich ihm etwas richtig Gutes zu fressen geben – vielleicht ein paar von diesen besonderen Hotdogs, die Julie erwähnt hatte.

»Wir sind so froh, dass Sie angerufen haben«, sagte meine Mutter. »Wir haben uns solche Sorgen um ihn gemacht. Sie müssen wissen, in unserem Haus ist vor ein paar Tagen ein Feuer ausgebrochen und –«

»Wo ist er?«, fiel ich ihr ins Wort. »Wo ist Duck?«

»Er ist hinterm Haus angebunden«, sagte sie und zeigte mit der Hand, in der sie die Zigarette hielt, in die Richtung. Sie ließ eine kleine Rauchwolke hinter sich zurück, wie die Flugzeuge, die Botschaften in den Himmel schreiben.

Als ich um die Hausecke ging und seinen wedelnden Schwanz sah, hatte ich das Gefühl, mein Herz würde mir gleich aus der Brust springen.

»Duck!«, rief ich. »Duck!«

Er bellte vor Glück, drehte sich um und rannte auf mich zu, so weit die Leine es zuließ. Aber es war nicht Duck. Dieser Hund war räudig und alt, seine Zähne waren gelb und statt eines roten Halsbands war ein schmutziges Tuch um seinen Hals gebunden.

Ich hatte das Gefühl, als hätte mir jemand in den Bauch geboxt.

»Dann rufen wir wohl besser das Tierheim an«, sagte die dünne Frau, als sie hörte, dass der Hund nicht uns gehörte. »Jemand muss ihn ja suchen.«

»Warum musste das passieren?«, jammerte ich, als wir mit leeren Händen von dem grünen Haus losfuhren. »Ich hab das Gefühl, als hätte ich Duck zum zweiten Mal verloren.«

»Ich weiß, Schätzchen«, sagte meine Mutter. »Mir geht es genauso.«

»Nein, tut es nicht«, schluchzte ich. »Du hast keine Ahnung, wie ich mich fühle. Ich bin schuld, dass er weg ist.«

»Du bist nicht schuld, dass Duck davongelaufen ist«, sagte meine Mutter. »Niemand ist schuld.«

Ich schüttelte den Kopf.

»Ich hätte aufpassen müssen, dass er bei uns ist, als wir aus dem Haus gingen.«

»Du darfst dir keine Vorwürfe machen«, sagte sie. »Du hattest Angst, genau wie wir alle. Niemand konnte klar denken.«

Ich schlug die Hände vor mein Gesicht und seufzte.

»Wir hätten diese albernen Handzettel nicht machen sollen. Die Zeichnungen haben nicht die geringste Ähnlichkeit mit Duck. Und weil es nicht genug Filzer gab, stimmen die Farben nicht.«

»Wir können mehr Filzstifte besorgen«, sagte meine Mutter. »So viele, wie du brauchst. Wir kaufen gleich welche.«

»Du verstehst das nicht, Mom. Filzstifte können nichts ausrichten. Wir brauchen ein Foto. Aber ich hab keine Bilder von Duck. Sie sind im Haus, oder vielleicht sind sie verbrannt und für immer weg, wie alles, was mir wichtig war.«

Heiße, schwere Tränen liefen mir über die Wangen, und ich hatte das Gefühl, als würde mich eine riesige Hand in der Mitte zerquetschen. Plötzlich trat meine Mutter ohne Vorwarnung so fest auf die Bremse, dass ich ohne Sicherheitsgurt durch die Windschutzscheibe geflogen wäre.

»Was machst du denn?«, rief ich.

»Wir fahren zurück.«

»Zu Scott und Julie?«

»Nein«, sagte sie und wendete das Auto so schnell, dass die Reifen quietschten. »Wir fahren nach Hause.«

# 13

# Mehr, als ein Besen das Fegen liebt

Kriegen wir jetzt Ärger?«, fragte ich, als meine Mutter die Haustür aufschloss.

»Nein«, antwortete sie und trat ins Haus. »Wir waren schon einmal hier, und solange wir nicht nach oben gehen, sehe ich keinen Grund, warum wir nicht hier sein dürfen. Am Dach wird schon gearbeitet, und es ist noch vollkommen abgedeckt. Außerdem haben wir nicht vor, lange zu bleiben.«

An den Wänden waren dunkle Rußstreifen. Und dort, wo die Decke nass geworden war, blätterte der Putz ab.

»Woher kommt dieser schreckliche Geruch?«, fragte ich und rümpfte die Nase.

»Schimmel«, sagte meine Mutter. »Und Rauch. Es wird eine Schweinearbeit, dieses Chaos aufzuräumen.«

Mein Zimmer sah fast genauso aus wie vor dem Feuer, bis auf die schmutzigen Wände und ein zerbrochenes Fenster, das mit einer Sperrholzplatte zugenagelt worden war. An den Stellen, wo ich mit dem Besenstiel an die Decke geklopft hatte, waren immer noch die schwarzen Flecken, aber das Bett war abgezogen und in der Reinigung. Auf der Matratze lag eine rosarote Socke – die, in die ich das Feuerzeug gesteckt hatte, bevor ich es unter die Matratze gelegt hatte. Es schien eine Million Jahre her zu sein. Seitdem war so viel passiert – und nichts davon war gut.

An der Pinnwand über meinem Schreibtisch hingen mehrere Bilder von Duck. Zum Glück waren sie alle heil geblieben. Da ich mich nicht entscheiden konnte, welches sich am besten für den Handzettel eignete, nahm ich sie alle ab und ging in die Küche, um sie in eine Plastiktüte zu stecken.

Meine Mutter stand auf einem Tritthocker und nahm die Küchenvorhänge ab.

»Hast du gefunden, was du brauchst?«, fragte sie, als sie den letzten Ring löste und die Vorhänge zusammen mit ihrer gelben Schürze und einem Haufen Geschirrtücher in einen Weidenkorb warf, um später alles bei Scott und Julie zu waschen. Ducks kleiner Teppich – der, auf dem er immer schlief – lag auf dem Boden. Ich hob ihn auf und reichte ihn meiner Mutter.

»Den müssen wir auch waschen«, sagte ich. »Damit er sauber ist, wenn Duck wieder nach Hause kommt.«

Sie nickte und legte ihn in den Korb.

Nachdem wir alles ins Auto gebracht hatten, bat ich meine Mutter, einen Moment zu warten, während ich ums Haus ging und nach Duck pfiff, falls er in der Nähe war.

»Hierher, Kleiner!«, rief ich. »Hierher, Duck!« Doch die einzige Reaktion, die kam, war ein krächzendes Schimpfen von einem Blauhäher in einem Baum.

Wenn es einen Lichtblick in meiner traurigen Lage gab, dann der, dass Heidi uns jetzt nicht besuchen würde. Wir konnten ja wohl keinen Besuch empfangen, wenn wir nicht mal ein Haus hatten, in dem wir Besuch empfangen konnten. Ich war erleichtert, mein Zimmer nicht mit ihr teilen zu müssen, aber vor allem war ich froh, dass ich sie nicht kennenlernen musste. Da ich inzwischen wusste, welche Gefühle meine Mutter für sie hegte, hätte ich sie am liebsten überhaupt nie gesehen.

Am nächsten Morgen half Julie mir, einen neuen Handzettel mit einem der Fotos zu machen, die ich aus dem Haus geholt hatte. Es war das Bild, das ich an dem Tag aufgenommen hatte, als ich Duck das rote Halsband gekauft hatte. In der Bibliothek machten wir Kopien davon, und als mein Vater am Abend von der Arbeit nach Hause kam, fuhren wir zusammen durch ganz Liberty und tackerten und klebten Handzettel fest.

In den folgenden paar Wochen erhielten wir ganze drei Anrufe, die sich allesamt als Fehlalarme erwiesen. Ich erkundigte mich weiterhin im Tierheim, bis sie mich schließlich baten, nicht mehr anzurufen. Sie versprachen, sich bei mir zu melden, falls Duck auftauchen sollte. Meine fünfzehn Minuten Ruhm in der Schule waren vorbei, und die meisten Schüler ignorierten mich wieder. Kristie und Joanne bemühten sich immer noch, nett zu sein, und luden mich ein, beim Mittagessen bei ihnen zu sitzen, aber mir fiel nie etwas ein, worüber ich mit ihnen reden konnte, und nach einiger Zeit hörten sie auf, mir einen Platz freizuhalten. Jedes Mal, wenn ich Mrs Strawgate im Flur über den Weg lief, erinnerte sie mich daran, dass ihre Tür immer offenstand, aber auch mit ihr wollte ich nicht reden. Eines Tages lernten wir bei Mr Taylor, wie man Buchrückendichtung macht, also Gedichte aus Buchtiteln. Danach verbrachte ich viel Zeit in der Schulbibliothek, holte Bücher aus den Regalen und legte sie auf einen Stapel, um aus ihren Titeln Gedichte zu schreiben. Eines handelte sogar von Duck.

Ein guter Hund
Durch Zeit und Raum
Mit Worten kann ich fliegen
Wunsch

Ich hatte versucht, Bücher mit dem Wort *Duck* im Titel zu finden, aber die einzigen, die ich auftreiben konnte, waren *The Ugly Duckling* auf Englisch und ein Buch über Donald Duck, und keines der beiden war brauchbar. Auf meiner Suche in den Regalen stieß ich wieder auf die *Boxcar Children*-Reihe und sah einen ganzen Stapel davon durch. Diese Geschichten gehörten zu den ersten Büchern, die ich gelesen hatte, und ich empfand es irgendwie als tröstlich, wieder mit den Alden-Geschwistern Zeit zu verbringen, auch wenn die Jungs mehr Abenteuer erleben durften, als ihnen zustand, während die Mädchen zu Hause blieben und den Abwasch machten.

Scott hatte die undichte Luftmatratze geflickt, ich schlief also wieder etwas besser. Tagsüber, während ich in der Schule war, überwachte meine Mutter in unserem Haus die Parade von Malern und Handwerkern, die wie bei einem Picknick kamen und gingen. Die Wochenenden verbrachten wir alle zusammen dort, und während meine Eltern im Haus arbeiteten, suchte ich Duck.

Insgesamt wohnten wir drei Wochen bei Scott und Julie, und als wir schließlich wieder nach Hause zogen, wurde das Verhältnis zwischen meiner Mutter und mir wieder etwas besser. Es kostet viel Kraft, auf jemanden dauerhaft wütend zu sein, auch wenn man einen guten Grund dafür hat. Im Haus sah es wieder schön aus; mein Zimmer hatte ein neues Fenster und war frisch gestrichen. Die Flecken an der Decke waren verschwunden. Wir warteten immer noch auf einige Möbel, die geliefert werden sollten, einschließlich einer neuen Couch, und der Teppichboden musste noch verlegt werden, aber das Leben fühlte sich fast wieder normal an. Zumindest so normal, wie es ohne Duck möglich war.

Eines Tages bekam meine Mutter dann wieder einen Brief von Heidi.

»Gute Nachrichten«, sagte sie, als sie ihn fertig gelesen hatte. »Nächsten Sonntag kommt Heidi!«

Ich traute meinen Ohren nicht.

»Warum kommt sie trotzdem?«, fragte ich. »Hast du ihr nichts von dem Feuer erzählt? Wir haben nicht mal eine Couch, auf der sie sitzen kann.«

»Es stört sie nicht, wenn nicht alles perfekt ist«, antwortete meine Mutter. »Und da das Baby im Juli kommt, heißt es jetzt oder nie.«

»Nie« klang genau richtig für mich.

»Ich teile mein Zimmer nicht mit ihr«, protestierte ich. »Ich kenne sie gar nicht, und außerdem …«

»Außerdem was?«, fragte meine Mutter.

»Biep-bam-bäsch buuum«, sagte ich und hämmerte mit der Faust in meine Handfläche.

»Übersetzung bitte«, sagte meine Mutter.

»Musst du selbst herausfinden«, erwiderte ich. Dann ging ich in mein Zimmer und knallte die Tür hinter mir zu.

Die Fotos von Duck hingen wieder an meiner Pinnwand, und meine Mutter hatte mir neue Vorhänge mit Blumen und Schmetterlingen genäht. Zuerst fand ich es schön, dass sie aussahen wie eine Wiese, die an meinem Fenster hing. Inzwischen fragte ich mich, ob sie sie für mich oder für Heidi genäht hatte.

Mein Vater kam an dem Abend spät nach Hause, darum aßen meine Mutter und ich allein in der Küche. Nachdem ich mein paniertes Hähnchenschnitzel eine Zeit lang auf dem Teller hin und her geschoben hatte, entschuldigte ich mich, um mit meinen Hausaufgaben anzufangen. Im Unterricht lasen wir gerade *Esperanza Rising*. Ich war mir ziemlich sicher, dass Mr Taylor das Buch meinetwegen ausgesucht hatte, weil in der Geschichte Esperanzas Haus in Flammen aufgeht. Irgendwann hatte ich mich gefragt, warum so viele Kinderbücher von traurigen Dingen handeln, aber inzwischen verstand ich, dass es manchmal hilfreich ist zu wissen, dass auch anderen Leuten traurige Dinge passieren, auch wenn sie erfunden sind.

Später beim Zähneputzen hörte ich meinen Vater nach Hause kommen. Ich spülte meine Zahnbürste aus und ging in den Flur hinunter, um ihn zu begrüßen. Er war im Wohnzimmer bei meiner Mutter, die mit dem Rücken zu mir in einem Sessel saß. Sie hielt etwas in den Armen und schaukelte es wie ein Baby, während sie weinte.

»Nicht doch, Ruby«, sagte mein Vater zu ihr und kniete sich neben sie. »Wir besorgen ein neues.«

Ich hielt die Luft an, während er die Hand nach dem ausstreckte, was immer sie darin hielt.

»Ich will kein anderes«, sagte sie. »Es wäre nicht dasselbe.«

Erst als er aufstand, konnte ich sehen, dass er Heidis Glas mit den Jelly Beans in den Händen hielt. Das Glas war bei dem Feuer zersprungen, und die Jelly Beans waren zu einer klebrigen Masse verschmolzen.

Sie hatte recht. Es wäre nie wieder dasselbe.

In der Nacht träumte ich wieder von Duck. Er schlief tief und fest auf seinem kleinen Teppich in der Küche. Als ich hineinkam, öffnete er die Augen und wedelte nur mit der Schwanzspitze. Ich legte mich zu ihm auf den Boden, schlang die Arme um ihn und presste meine Nase in eins seiner weichen schwarzen Ohren. Als ich aufwachte, umarmte ich mein Kissen, und ich schwöre, ich roch immer noch den Popcorngeruch. Ich schloss die Augen und versuchte, wieder in den Traum zurückzuklettern, aber es funktionierte nicht, und so lag ich da und weinte im Dunkeln.

Tief in mir schmerzte etwas wie eine Beule, die nicht heilen wollte. Als ich in die Vorschule ging, hatte mir meine Mutter erklärt, dass man die Schmerzen, die ich manchmal in der Schule hatte, »Heimweh« nannte. Aber das Heim, das ich damals vermisst hatte, war ein kleines weißes Haus, wo ein schwarzer Hund mit rotem Halsband mit einem gut aussehenden Vater zusammenlebte, der einen großen grauen Hut trug, und mit einer liebevollen Mutter in einer gelben Schürze, die ihre Tochter über alles in der Welt liebte. Das kleine weiße Haus war noch da, es hatte sogar ein nagelneues Dach, doch alle Farben darin waren verschwunden, weil es die Familie, die einst dort gelebt hatte, nicht mehr gab.

# 14

# Mehr, als eine Katze das Kratzen liebt

Ende Juni sollte Heidi kommen. Inzwischen hatten wir Ferien, und ich war offiziell in der sechsten Klasse. Am letzten Schultag hatte Mr Taylor mich zum Abschied umarmt.

»Viel Glück, Aurora«, hatte er gesagt. »Und melde dich ab und zu.«

Normalerweise fieberte ich dem Beginn der Sommerferien entgegen, aber Mr Taylor würde mir fehlen, besonders bei der Lage der Dinge zu Hause und Heidis bevorstehendem Besuch. Ich fürchtete mich davor.

Bei mir hatte noch nie eine Freundin übernachtet, darum war das Ausziehbett in meinem Zimmer unbenutzt. Am Tag vor Heidis Ankunft bereitete meine Mutter alles vor und bezog das Bett frisch. Ich machte kein Geheimnis aus meinen Gefühlen.

»Wenn es sein muss, schlafe ich in der Hängematte«, sagte ich. »Ich teile mein Zimmer nicht mit einer Fremden.«

»Heidi ist keine Fremde«, widersprach meine Mutter, während sie das Kopfkissen bezog. »Irgendwie gehört sie zur Familie.«

»Egal«, sagte ich und kratzte an einem alten Mückenstich in meiner Kniekehle.

»Bitte, lass das, Schätzchen. Es könnte sich entzünden.«

»Es ist mein Knie, nicht deins«, erwiderte ich. »Und hör auf, mich Schätzchen zu nennen.«

»Habt ihr euch wieder in den Haaren?«, fragte mein Vater. Er hatte im Garten den Rasen gemäht, und an Hals und Armen klebten Grasfitzelchen. »Ich komme mir vor, als würde ich mit zwei streunenden Katzen zusammenleben, so wie ihr in letzter Zeit aufeinander losgeht.«

»Ich kann nicht anders, wenn Mom ständig nervt.«

»Aurora hat mir eben mitgeteilt, dass sie vorhat, in der Hängematte zu schlafen, wenn Heidi hier ist, Roy«, sagte meine Mutter. »Aber natürlich bin ich es, die nervt.«

Es tat mir leid für meinen Vater, der zwischen den Stühlen saß und versuchte, zwischen meiner Mutter und mir Frieden zu stiften, seit ich herausgefunden hatte, dass Heidi uns doch besuchte. Es machte mich wahnsinnig, wie sie sich aufführte, sämtliche Mahlzeiten plante und alles hübsch machte für ihre kostbare, perfekte kleine Heidi.

»Was ist denn los mit dir, Baby Girl?«, fragte mich mein Vater später, als meine Mutter unterwegs zum Supermarkt war, um Blaubeeren für einen Crumble zu kaufen, den Heidi am liebsten mochte. »Bilde ich es mir nur ein oder fühlt sich da jemand auf den Schlips getreten?«

»Was soll das denn heißen?«, fragte ich und schloss mein Buch.

Ich lag in der Hängematte im Garten und las Band zwölf der *Boxcar Children*-Reihe.

»Das ist ein Ausdruck, den mein Vater oft verwendet hat«, antwortete er. »Wenn jemand ein bisschen eifersüchtig oder beleidigt ist, sagt man, er fühle sich auf den Schlips getreten.«

»Warum sollte ich eifersüchtig sein?«, fragte ich, merkte aber, wie ich rot wurde, weil er natürlich recht hatte.

»Ach, ich weiß nicht«, sagte er. »Vielleicht weil deine Mutter so viel Wirbel macht.«

»Sie hat sogar besonderes Klopapier gekauft, Dad«, sagte ich. »Extraweiches.«

Mein Vater lachte.

»Deine Mutter übertreibt manchmal ein bisschen, aber Heidis Besuch ist ein besonderer Anlass.«

»Nicht für mich«, erwiderte ich. »Ich kenne sie gar nicht.«

»Na, dann wird es höchste Zeit, schätze ich.«

Sie konnten mich zwingen, sie kennenzulernen. Aber sie konnten mich nicht zwingen, sie zu mögen. Nicht in einer Million Jahren.

Am nächsten Tag kam meine Mutter in mein Zimmer und fragte, ob ich mit ihnen zum Flughafen in Newburgh fahren wolle, um Heidi abzuholen. Ich hatte mein Buch fertig gelesen und beschlossen, eine Pause mit den *Boxcar Children* einzulegen und *Esperanza Rising* noch einmal zu lesen. In der Geschichte widerfährt Esperanza viel Schlimmes, einschließlich dass sie ihren Vater verliert, aber ihre Mutter verhält sich wenigstens nicht so, als käme die Königin von England zu Besuch, so wie meine Mutter es in den vergangenen zwei Wochen gemacht hatte.

»Warum besucht Heidi nicht ihre eigene Familie?«, brummte ich.

Thurman Hill und Heidis Vater Elliot waren vor mehreren Jahren nach Florida gezogen, als das Hilltop schloss.

Meine Mutter setzte sich auf das Fußende meines Betts. Mir fiel auf, dass sie sich geschminkt hatte, und sie trug ein Paar Schuhe, das ich noch nie gesehen hatte.

»Ich weiß, du freust dich nicht über Heidis Besuch«, sagte sie. »Aber ich hoffe, du bemühst dich wenigstens, höflich zu sein. Sie ist ein sehr netter Mensch, und diese Reise ist wichtig für sie.«

»Was ist so wichtig daran?«

»Sie will ihre Mutter besuchen, bevor das Baby kommt.«

Ich war so darauf erpicht gewesen herauszufinden, was Heidi über mich geschrieben hatte, dass ich den Rest ihres ersten Briefes nur überflogen hatte. Mir war gar nicht in den Sinn gekommen, mich zu fragen, warum sie sich zu dem Besuch entschlossen hatte. Heidis Mutter lag auf dem Friedhof oben auf dem Hügel, nicht weit von uns entfernt. Zum ersten Mal regten sich in mir leichte Schuldgefühle wegen meines Verhaltens.

»Ganz sicher, dass du nicht mitkommen willst?«, fragte meine Mutter.

Ich schüttelte den Kopf und widmete mich wieder meinem Buch.

Gegen drei Uhr nachmittags hörte ich das Auto die Einfahrt hochkommen, aber als meine Mutter den Kopf hereinstreckte, um mir Heidis Ankunft zu verkünden, tat ich so, als würde ich schlafen. Ich war noch nicht bereit, sie zu treffen. Nachdem meine Mutter die Tür geschlossen hatte, schlief ich tatsächlich ein und träumte wieder von Duck. Diesmal war es Winter. Mein Vater und ich waren auf Krasners Farm und fällten einen Weihnachtsbaum. Duck rannte herum und bellte wie verrückt, und dann sah ich ihn plötzlich in eine Schneewehe springen und verschwinden. Ich rief ihn immer wieder, und als er nicht kam, sprang ich hinter ihm her in die Schneewehe.

Danach wurde der Traum wirklich seltsam. Ich befand mich in einer fremden Welt, die aus Eis bestand. Die Luft war so kalt, dass das Atmen schmerzte. Auch meine Mutter war da, sie hielt das Glas mit den Jelly Beans im Arm. Plötzlich blickte ich nach unten, und meine Hände verfärbten sich blau, dann fielen meine Finger nacheinander ab und zersplitterten auf dem Boden, so wie die Fenster im Haus während des Feuers zerborsten waren. Ich hatte Angst, ich könnte erfrieren, wenn ich in der Eiswelt bleiben würde, aber ohne Duck konnte ich nicht gehen. »Komm zurück!«, rief ich. »Komm zurück!«

»Rory, Liebes. Wach auf.«

Mein Vater schüttelte mich.

»Duck ist noch im Schnee!«, sagte ich weinend und setzte mich auf.

»Es war nur ein Traum, Baby Girl«, sagte mein Vater. »Nur ein böser Traum.«

Ich vergrub mein Gesicht in seinem Hemd, und er legte seine Arme um mich.

»Ich kann einfach nicht mehr«, flüsterte ich. »Es tut so unglaublich weh.«

Heidis Bauch war so groß und rund, als hätte sie einen Wasserball unter ihrem T-Shirt.

»Wie schön, dich endlich persönlich zu treffen, Aurora«, sagte sie, als mein Vater mich schließlich überredet hatte, mitzukommen und sie zu begrüßen. »Bei Bernie stehen sämtliche Schulfotos von dir auf dem Kühlschrank. Es ist, als hätten wir dich in der Küche aufwachsen sehen.«

Ich sagte ihr, dass ich mich ebenfalls freue, sie kennenzulernen, obwohl es nicht stimmte. Sie hatte ein Bananenbrot mitgebracht, das Bernadette für uns gebacken hatte, und einen riesigen Bleistift für mich, auf dem *RENO* stand. Mein Herz schlug so fest, dass ich es hören konnte.

»Und was sagst du, Aurora?«, fragte mein Vater erwartungsvoll.

»Danke für den Bleistift«, sagte ich leise. Ich konnte meine Mutter nicht ansehen. Ich hatte Angst vor dem, was passieren könnte, wenn sie denselben Blick in den Augen hätte, wie ich ihn auf dem Foto gesehen hatte. Angst, dass ich verschwinden könnte wie ein im Wind fliegendes Löwenzahnschirmchen. *Soof.*

Beim Abendessen aß Heidi zwei Portionen Schmorbraten, aber ich wollte nur eine Tasse Ingwertee. Der Traum hatte sich so echt angefühlt, dass ich ständig auf meine Finger schaute, um mich zu vergewissern, dass sie noch da waren.

Heidi machte ein großes Trara, als meine Mutter den Blaubeer-Crumble brachte. Ich sagte, mir ginge es nicht besonders gut, und bat, mich zu entschuldigen.

»Und wo schläft *sie*?«, fragte ich meinen Vater, als er etwas später nach mir sah.

»Wenn du mit *sie* Heidi meinst: Sie war so nett und hat angeboten, auf der Couch zu schlafen, bis es dir wieder besser geht. Ein Glück, dass sie gestern geliefert wurde.«

»Ein großes Glück«, sagte ich.

Er schickte sich an zu gehen, hielt dann aber inne.

»Irgendwann wirst du uns sagen müssen, was dich so aufregt«, sagte er. »Ich verstehe, dass du dich um Duck sorgst, aber ich glaube, da ist noch mehr. Etwas wegen Heidi und deiner Mutter, und wenn du es nicht ans Tageslicht bringst, wird es Wurzeln schlagen und in dir wachsen wie Unkraut.«

»Bla, bla, bla«, sagte ich und zog mir die Decke über den Kopf.

Er stand noch kurz da und wartete auf etwas. Als nichts von mir kam, schaltete er das Licht aus und schloss die Tür.

# 15

# Mehr, als eine Blume das Blühen liebt

Als ich am Morgen aufwachte, war mein Vater schon bei der Arbeit, um ein paar Sachen zu erledigen, während Heidi und meine Mutter hinten im Garten Tee tranken und Bananenbrot aßen.

Ich zog mich an und machte mir leise einen Toast mit Butter, den ich zusammen mit einem Glas Orangensaft in mein Zimmer trug. Meinem Magen ging es gut, aber das wollte ich meiner Mutter nicht sagen. Wenn ich die ganze Woche krank spielen müsste, würde ich es tun, solange ich nicht in der Nähe von Heidi sein musste.

Irgendwann kam meine Mutter herein, um zu sehen, ob ich schon wach war. Als ich ihr sagte, mein Magen sei immer noch empfindlich, fühlte sie mir mit dem Handrücken die Stirn.

»Temperatur hast du nicht, Schätz–« Sie konnte sich gerade noch bremsen. »Aurora. Vielleicht brauchst du ein bisschen frische Luft. Ich dachte mir, dass ich Heidi heute die Decke schenke – wärst du gerne dabei?«

»Warum sollte ich?«

Meine Mutter seufzte. Sie sah müde aus, unter ihren Augen waren dunkle Ringe.

»Seit Wochen ist das Verhältnis zwischen uns angespannt«, sagte sie. »Um ehrlich zu sein, Aurora, ich weiß nicht, wie lange ich das noch ertrage. Wenn du mir etwas zu sagen hast, dann sag es mir bitte und erlöse mich von meinem Elend.«

»Gut«, sagte ich. »Du willst wissen, was ich denke? Ich glaube, du hättest mich nie kriegen sollen, wenn du mich eigentlich nicht wolltest.«

Meine Mutter legte eine Hand auf die Brust, als hätte jemand auf sie geschossen. Vor meinem geistigen Auge sah ich Lindsey Toffles herzförmigen Anhänger mit dem Pfeil aufblitzen.

»Was, um Himmels willen, ist passiert«, sagte sie, »dass du glaubst, ich hätte dich nicht gewollt, Aurora? Als Heidi ihr Glück an mich weitergab –«

»Hör auf damit!«, rief ich. »Ich will diese blöde Geschichte nie wieder hören!«

»Ich verstehe«, erwiderte sie.

»Bla, bla, bla«, sagte ich und hielt mir die Ohren zu.

Für den Rest des Vormittags ließ sie mich in Ruhe. Normalerweise war Samstag mein Fernsehtag, aber der Fernseher stand im Wohnzimmer, und ich wollte nicht riskieren, ihnen über den Weg zu laufen. Gegen Mittag war ich so hungrig, dass ich keine Wahl hatte, also schlich ich in die Küche, um mir ein Sandwich mit Erdnussbutter und Marmelade zu machen. Auf der Anrichte lag ein Zettel, auf den meine Mutter geschrieben hatte, sie sei einkaufen, und daneben stand ein Teller mit einem in Wachspapier eingewickelten Sandwich mit Erdnussbutter und Marmelade. Unterschrieben hatte sie den Zettel mit *Bis bald.* Plötzlich hatte ich keinen Hunger mehr und schob den Teller weg.

»Im Kühlschrank sind noch ein paar Reste«, sagte Heidi, die in der Tür stand und ein langes geblümtes Kleid und Ledersandalen trug. Ihr dunkles Haar war zu einem Fischgräten-Zopf geflochten, der über eine Schulter hing. Ich gab es nicht gern zu, aber sie war wunderschön. »Soll ich dir einen Teller warm machen? Oder ich könnte dir eine Suppe machen, wenn du willst«, bot sie an.

»Nein, danke«, erwiderte ich.

Sie lächelte.

»Bei Suppe muss ich immer an Mama denken. Als Bernie Mama beibringen wollte, wie man den Dosenöffner benutzt, sagte sie immer einen bestimmten Spruch –«

»Hochheben. Dose drunterhalten. Runterdrücken. Auf das Summen horchen. Fertig«, sagte ich.

Heidi wirkte überrascht. »Woher weißt du das?«, fragte sie.

»Ich kenne sämtliche Heidi-Geschichten«, antwortete ich. »Meine Mutter ist besessen von dir, falls du das noch nicht bemerkt hast.«

Zum Beweis hielt ich den Zettel hoch, den meine Mutter zurückgelassen hatte.

»*Bis bald*«, las Heidi. »Das hat Mama auch immer gesagt.«

»Ich weiß«, sagte ich. »Du hattest eine Liste an der Küchenschranktür mit all ihren Worten. Ich Glückliche kenne sie inzwischen auch alle auswendig.«

Heidi neigte den Kopf. »Stimmt etwas nicht?«, fragte sie. »Irgendwie hab ich den Eindruck, dass du wütend auf mich bist, Aurora.«

»Wärst du das nicht?«, gab ich feindselig zurück.

»Wenn ich etwas getan habe, das dich ärgert, tut es mir leid. Ich weiß, im Augenblick machst du eine harte Zeit durch. Ich hab von Duck gehört.«

»Hast du auch gehört, dass meine Mutter mir vorgeworfen hat, ich hätte das Haus in Brand gesteckt?«

»Das hat sie bestimmt nicht so gemeint«, sagte Heidi.

»Sie sagt vieles, was sie nicht so meint. Vielleicht nicht zu dir, aber zu mir.«

Heidi musterte mich. Ich hatte noch nie jemanden mit so blauen Augen gesehen.

»Ich glaube, ich lass dich jetzt besser ein bisschen in Ruhe«, sagte sie und zog einen ausgebeulten grünen Pullover über ihr Kleid an. »Wenn Ruby zurückkommt, sag ihr bitte, dass ich einen Spaziergang mache.«

»Okay«, sagte ich.

Ich hatte eine Ahnung, wohin sie gehen wollte. Meine Mutter hatte mich einmal mit zum Friedhof genommen, als ich alt genug war, um Fragen zu stellen, was mit Heidis Mama passiert war.

»Hieß Heidis Mama *Soof*?«, hatte ich gefragt, als ich den

Grabstein mit der Liste von Namen sah, die in den rosa Marmor eingraviert war.

»Wenn ein Mensch einen anderen wirklich liebt, gibt er ihm manchmal einen besonderen Namen, um ihn wissen zu lassen, was man für ihn empfindet«, hatte meine Mutter mir erklärt.

»So wie du mich manchmal Schätzchen nennst?«, hatte ich gefragt.

»Ja«, hatte sie gesagt und meine Wange gestreichelt. »Genau. Elliot hat Heidis Mama *Soof* genannt, weil er sie geliebt hat.«

»*Soof* heißt Liebe«, hatte ich gesagt.

»Ja. *Soof* heißt Liebe.«

Ich war ein bisschen unruhig, nachdem ich den ganzen Vormittag im Haus eingesperrt war und mich krank gestellt hatte. Da ich nichts Besseres zu tun hatte, beschloss ich, Heidi zu folgen und zu sehen, ob ich richtig lag mit meiner Vermutung, dass sie zum Friedhof ging. Ich kannte eine Abkürzung, und als sie dort ankam, hatte ich mich schon im hohen Gras unter einer Trauerweide versteckt, nicht weit von der Stelle, wo Heidis Mama lag.

Heidi hatte unterwegs Wildblumen gepflückt – Kornblumen und Bischofskraut. Sie bückte sich und legte den Strauß auf das Grab, dann verbeugte sie sich. Eine sanfte Brise wehte, die sich durch den Klee kräuselte und Heidis Worte zu mir trug.

»Hallo, Mama«, sagte sie. »Ich bin's, Heidi.« Sie hielt kurz inne und legte eine Hand auf ihren Bauch. »Ich hab dir so viel zu erzählen, Mama. Inzwischen bin ich mit einem wunderbaren Mann verheiratet, Paul, und wir bekommen bald ein Baby. Ein kleines Mädchen, genau wie du damals. Erinnerst du dich, Mama? Bernie lässt dich grüßen. Sie vermisst dich auch.«

Langsam fühlte ich mich etwas unwohl, weil ich ihr nachspionierte, aber jetzt konnte ich nicht gehen, sonst hätte sie mich gesehen und gewusst, dass ich ihr gefolgt war. Der Wind drehte, und danach verstand ich nicht mehr, was sie sagte. Schließlich schwieg sie und setzte sich auf ihren ausgebreiteten Rock ins Gras. Dort saß sie eine ganze Weile und fuhr mit den Fingern durchs Gras; dann warf sie plötzlich ohne Vorwarnung den Kopf zurück und lachte. Ich konnte sehen, dass sie etwas in der Hand hielt, aber ich war zu weit entfernt, um es zu erkennen. Sie stand auf und küsste ihre Fingerspitzen, dann berührte sie wieder den rosa Stein.

»Bis bald, Mama«, sagte sie. »*Soof.*«

Ich sah, wie sie was immer sie in der Hand hielt, in die

Tasche ihres Pullovers steckte. Dann drehte sie sich um und ging wieder den Hügel hinunter.

Ich war vor ihr zu Hause, saß in der Küche und aß einen kalten Pop-Tart, als sie hereinkam.

»Hattest du einen schönen Spaziergang?«, fragte ich und knabberte eine Reihe gleichmäßiger kleiner Wellen in den Rand des Gebäcks. Zehn Bissen einschließlich der Ecken.

»Ja«, erwiderte sie. »Aber ich bin ein bisschen müde.« Sie zog ihren Pullover aus und hängte ihn über die Lehne eines Küchenstuhls. »Ich glaube, ich leg mich kurz hin.«

»Wenn du willst, kannst du dich auf meinem Bett ausruhen«, sagte ich rasch. »Das ist bequemer als die Couch, und du kannst die Tür zumachen, dann wachst du nicht auf, wenn das Telefon klingelt oder Mom zurückkommt und den Mixer oder sonst irgendwas einschaltet.«

»Das ist ein sehr nettes Angebot«, antwortete Heidi. »Bist du sicher, dass es dir nichts ausmacht?«

»Ganz sicher.« Mein schlechtes Gewissen rührte sich ein wenig, weil ich nicht so nett war, wie sie dachte. Ich verputzte den Rest meines Pop-Tarts, und nachdem ich mich vergewissert hatte, dass die Tür zu meinem Zimmer geschlossen war, eilte ich in die Küche zurück, um herauszufinden, was Heidi in ihre Tasche gesteckt hatte.

Zuerst fand ich nichts. Vielleicht war es herausgefallen. Ich suchte noch etwas gründlicher, stocherte mit den Fingern bis in die Ecken, und diesmal spürte ich ganz unten etwas Weiches und Feuchtes. Als ich es herauszog, baumelte ein verwelktes Kleeblatt an meinen Fingern. Da es auf dem Rückweg in Heidis Tasche etwas schlaff geworden war, legte ich es auf meine Hand und trennte vorsichtig die einzelnen Blätter voneinander – eins, zwei, drei zählte ich, und dann sah ich, dass hinter einem der Blätter etwas kleines Grünes hervorspitzte. Sanft zog ich daran, und ein weiteres Blatt erschien. Ein vierblättriges Kleeblatt! Plötzlich fiel es mir wie Schuppen von den Augen.

Heidi hatte ihr Glück nicht an meine Mutter weitergegeben.

Sie hatte es für sich selbst behalten.

# 16

# Mehr, als ein Herz das Schlagen liebt

Ich konnte es kaum erwarten, bis Heidi aus ihrem Nickerchen aufwachte. Noch hatte ich nicht entschieden, ob ich ihr gleich eröffnen sollte, dass ich über das vierblättrige Kleeblatt Bescheid wusste oder ob ich sie etwas langsamer an Land ziehen sollte. Schließlich hielt ich es nicht mehr aus. Ich ging zu meinem Zimmer und öffnete die Tür. Heidi lag auf dem Bett, aber ihre Augen waren offen.

»Tut mir leid, dass ich störe«, flüsterte ich. »Ich brauche mein Sweatshirt.«

»Komm ruhig rein«, sagte sie. »Ich wollte sowieso gerade aufstehen.«

Es war zwar nur ein Vorwand gewesen, aber ich ging zur Kommode und zog mein Sweatshirt heraus.

»Dieses Zimmer birgt so viele Erinnerungen«, sagte Heidi. »Als ich die erste Nacht hier schlief, sagte ich deiner Mutter, die Laken würden nach Himmel riechen.«

»Wie riecht Himmel denn?«, fragte ich und tippte ein-,

zwei-, dreimal auf meine Nase. Seit Heidis Ankunft war mein Tippen und Klopfen schlimmer geworden.

»So«, sagte sie und drehte ihr Gesicht in Richtung Kissen. »Ich glaube, es liegt daran, dass Ruby die Wäsche draußen aufhängt und nicht in den Trockner steckt.«

»Ich dachte, alle machen das so«, sagte ich und klopfte auf meine Ellbogen – erst rechts, dann links.

Heidi lächelte.

»Nicht in Reno. Dort kann auch niemand einen so guten Schmorbraten kochen wie deine Mutter. Ich weiß nicht, wie sie es anstellt, dass diese Karotten so gut schmecken.«

Meine Mutter kam vermutlich bald nach Hause, und ich wollte keine Zeit darauf verschwenden, über Wäsche und Karotten zu reden.

»Wenn du raten müsstest, wo Duck sein könnte, was würdest du sagen?«, fragte ich und versuchte, mir nicht anmerken zu lassen, wie aufgeregt ich war.

Heidi schien leicht überrascht von der Frage. »Puh. Mit Hunden kenne ich mich nicht gut aus.«

»Macht nichts. Rate einfach, wo er ist.«

»Wenn Bernadette etwas verliert oder verlegt, sagt sie immer: *Lieber heiliger Antonius, bitte komm hierher, etwas ging verloren, hilf mir suchen, es fehlt so sehr.*«

Mir ging die Geduld aus; es wurde Zeit, den Köder auszulegen. »Hör zu«, sagte ich, »bitte sei nicht sauer, aber ich weiß von deinem vierblättrigen Kleeblatt. Ich hab gesehen, wie du es in die Tasche gesteckt hast.«

Heidi stützte sich auf einem Ellbogen auf.

»Das hast du gesehen?«, sagte sie.

Meine Wangen liefen rot an.

»Tut mir leid«, sagte ich. »Dass ich dir nachspioniert habe, meine ich. Aber das mit dem Kleeblatt tut mir nicht leid. Darüber bin ich sogar froh, weil es heißt, dass du mir helfen kannst, Duck zu finden!«

»Oh«, sagte Heidi. »Ich hab mich schon gewundert, warum du plötzlich so freundlich bist.«

»Ich hab doch gesagt, es tut mir leid«, erwiderte ich und kratzte mich im Nacken. Ich hatte vergessen, mein Sweatshirt vor dem Anziehen von innen nach außen zu drehen, und das Etikett kratzte. »Hilfst du mir trotzdem, Duck zu finden?«

»Ich würde ja, wenn ich könnte, Aurora. Ehrlich. Aber meine Glückssträhne ist vorbei.«

Ich eilte zu meinem Regal, griff nach dem Sparschwein und schüttelte es, bis ein 25-Cent-Stück herausfiel.

»Wenn ich werfe, entscheidest du, ob Kopf oder Zahl«, sagte ich, warf die Münze und fing sie auf dem Handrücken auf, wie mein Vater es immer machte, wenn er erzählte, wie Heidi zehnmal hintereinander richtig geraten hatte.

»Ich kann das nicht mehr«, behauptete Heidi.

»Doch, du kannst«, sagte ich. »Versuch es einfach.«

»Okay … Kopf.«

Ich nahm meine Hand weg.

»Ja!«, rief ich.

Ich warf ein zweites Mal.

»Zahl?«, riet Heidi.

Ich zeigte die Münze, aber es war wieder Kopf. Ich warf noch achtmal, aber nur einmal riet sie richtig.

»Du willst mich reinlegen«, sagte ich. »Du könntest es, wenn du wolltest.«

»Nein«, erwiderte sie. »Ich kann nicht. Meine Glückssträhne ist seit Jahren vorbei. Es klappt nicht mehr, seit –«

»Bla, bla, bla«, fiel ich ihr ins Wort. »Ich weiß, was du sagen willst, aber die Geschichte stimmt nicht.«

»Welche Geschichte?«

»Dass du deine Glückssträhne an meine Mutter weitergegeben hast. Bitte sag die Wahrheit – das hast du nicht getan, oder?«

»Nein«, sagte Heidi. »Das hab ich nicht.«

»Siehst du! Ich wusste es! Als ich das Kleeblatt sah, wusste ich, dass du dein Glück nicht weggegeben hast.«

»Nein«, sagte Heidi, »ich habe kein Glück mehr. Aber ich habe es auch nicht verschenkt – es ist verschwunden. Das Kleeblatt hat nichts zu bedeuten.«

»Warum hast du es dann behalten?«

»Ich dachte, vielleicht ist es ein Zeichen von Mama und sie will mir zu verstehen geben, dass sie über mich und das Baby wacht. Seit dem Tag, an dem sie gestorben ist, hatte ich kein Glück mehr. Ich liebe Bernadette von ganzem Herzen, aber meine Mutter fehlt mir. Tut mir leid, Aurora. Ich kann dir nicht helfen.« Sie stand auf.

Ich warf mich mit dem Gesicht nach unten aufs Bett.

»Jetzt finde ich Duck nie!«, jammerte ich. »Er kommt nie mehr zurück.«

Das Telefon klingelte, und Heidi ging ran. Meine Mutter rief an, um zu sagen, dass sie einen platten Reifen hatte und später nach Hause käme. Heidi erzählte ihr nicht, dass ich außer mir war.

»In Ordnung, Ruby«, sagte sie. »Mach dir keine Sorgen. Auch nicht wegen des Abendessens. Ich kann ein Omelett machen, oder wir essen die Reste von gestern. Du weißt, von deinem Schmorbraten kann ich nie genug kriegen, genau wie Roy.«

Nachdem Heidi aufgelegt hatte, kam sie zurück in mein Zimmer.

»Hör zu«, sagte sie, »meine Glückssträhne hat mich vielleicht verlassen, aber das heißt nicht, dass ich dir nicht helfen kann, Duck zu suchen.«

»Wir haben schon überall nach ihm gesucht«, sagte ich und wischte mir die Nase am Ärmel ab. »Und auch eine Million Handzettel aufgehängt.«

»Überall ist ein ziemlich großer Ort«, sagte sie. »Was ist mit dem Park – habt ihr dort schon gesucht?«

»Bei uns in der Umgebung gibt es keine Parks«, erwiderte ich. »Nur einen Spielplatz und einen Gemeinschaftsgarten, und in beide dürfen Hunde nicht rein.«

»Und was ist mit Hundefreunden? Vielleicht hat er jemanden besucht, den er kennt.«

»Der einzige Hund, der mir einfällt, ist ein Schäferhund,

der manchmal in der Nähe vom Bartlett Lake war. Er und Duck haben sich immer beschnuppert, aber die letzten Male, als wir dort Angeln waren, habe ich ihn nicht gesehen.«

»Wäre einen Versuch wert«, sagte Heidi. »Wie weit ist der See entfernt?«

»Zu weit, um ihn zu Fuß zu erreichen.«

»Wir könnten mit dem Fahrrad hinfahren, wenn ihr ein zweites für mich habt.«

Ich betrachtete Heidis dicken Bauch.

»Darfst du denn noch Fahrrad fahren?«

»Das Einzige, was ich nicht darf, ist reiten, und das ist in Ordnung, weil ich sowieso nicht reiten kann. Komm, wir fahren los.«

Ich fuhr mit meinem Fahrrad und Heidi mit dem meiner Mutter. Wir brauchten fast eine Stunde, bis wir dort waren, weil wir wegen Heidi ständig Pausen einlegen mussten.

»Hast du schon einen Namen für dein Baby?«, fragte ich während einem unserer Boxenstopps.

»Sophia. Nach Mama.«

»Das dachten wir uns schon«, sagte ich. »Ist Sophia ein vielversprechender Name?«

Heidi lächelte und rümpfte die Nase.

»Wer hat dir das erzählt?«, fragte sie.

»Meine Mutter erinnert sich an alles, was du ihr jemals erzählt hast«, sagte ich. »Und ich auch, obwohl ich noch gar nicht auf der Welt war.«

»Paul und mir gefällt der Name Sophia, und nach *seiner* Mutter können wir das Baby nicht gut nennen. Sie heißt nämlich Ethel.«

Eigentlich hatte ich weiterhin sauer auf Heidi sein wollen, aber a) war sie netter als erwartet und b) half sie mir, Duck zu suchen.

»Ich bin froh, dass du dein Baby nicht Lindsey nennst«, sagte ich. »Ich kenne nämlich kein Mädchen mit diesem Namen, das ich mag.«

Wir fuhren noch ein Stück weiter und hielten wieder an, weil Heidi außer Atem war.

»Paul fährt ständig mit dem Fahrrad«, keuchte Heidi. »Seine Waden sind so dick wie Baumstämme.«

»Ist das gut?«, fragte ich.

»Ich finde es schön, dass er kräftig ist. Aber er sieht auch gut aus. Bernadette bereitet immer eine lange Liste vor, was er reparieren muss, wenn wir sie besuchen.«

»Warum wohnt ihr nicht mit Bernadette zusammen? Sie muss einsam sein, wenn sie allein lebt.«

»Das glaube ich nicht.« Heidi lachte. »Bernadette hat einen Beau.«

»Was ist ein Beau?«, fragte ich.

»Ein Freund. Er heißt Harrison und spielt Saxofon in einer Jazzband.«

»Ich wusste nicht, dass alte Frauen auch einen Freund haben können«, sagte ich.

»Lass Bernie bloß nicht hören, dass du sie eine alte Frau

nennst!«, warnte Heidi mich. »Sie hat mehr Energie als die meisten Leute. Sie und Harry machen einen Tanzkurs.«

»Ich dachte, sie geht nicht nach draußen.«

»Das hat sich nach dem Tod meiner Mutter geändert«, erklärte Heidi.

»Genau wie dein Glück«, erwiderte ich.

Heidi nickte.

»Jedenfalls bringt Harrison Bernie auch das Saxofonspielen bei. Aber das vermisse ich nicht. Wenn sie reinbläst, klingt es wie ein sterbender Hirsch.«

Wir kamen an dem Haus vorbei, wo früher der Schäferhund gelebt hatte, aber sämtliche Fenster waren zugenagelt, und weder von ihm noch von Duck war etwas zu sehen.

»Vielleicht sollten wir unten am Wasser nachsehen«, schlug ich vor. »Er geht gern ins Boot, wenn wir angeln gehen.«

Wir ließen unsere Fahrräder am Straßenrand zurück und kletterten den steinigen Pfad hinunter zum See.

»Moment«, sagte Heidi. »Wir sagen es jetzt zusammen.«

Sie nahm meine Hände, dann schlossen wir die Augen und sagten: »Lieber heiliger Antonius, bitte komm hierher, etwas ging verloren, hilf mir suchen, es fehlt so sehr.«

Aber wahrscheinlich hörte der heilige Antonius nicht zu, weil wir zwar immer wieder nach Duck riefen, aber er kam nicht.

»Wir sollten bald wieder zurück«, sagte Heidi. »Inzwischen ist deine Mutter bestimmt zu Hause, und auf dem Zettel habe ich geschrieben, wir wären in einer Stunde zurück.«

»Können wir nicht noch ein bisschen bleiben?«, fragte ich. »Bitte?«

Heidi ging den Weg langsam hoch.

»Ich warte oben auf dich«, sagte sie. »Bei den Fahrrädern. Aber wir müssen wirklich zurück, sonst macht deine Mutter sich Sorgen.«

Ich ging ans Ufer in die Nähe des Ruderboots und schloss die Augen.

»Lieber heiliger Antonius, bitte komm hierher, etwas ging verloren, hilf mir suchen, es fehlt so sehr«, flüsterte ich. »Lieber heiliger Antonius, bitte komm hierher –«

»Aurora!«, rief Heidi. »Komm schnell!«

Am Klang ihrer Stimme hörte ich, dass sie etwas gefunden hatte. Vielleicht einen Pfotenabdruck oder Ducks rotes Halsband oder vielleicht, ganz vielleicht …

»Duck!«, brüllte ich. »Duck!« Ich rannte den Pfad hoch und um die Biegung, wo ich fast über Heidi stolperte. Sie saß auf dem Boden und hatte die Beine von sich gestreckt wie eine Puppe.

»Hast du ihn gefunden?«, rief ich. »Hast du Duck gefunden?«

»Es kommt zu früh«, sagte sie mit einem komischen Ausdruck im Gesicht.

»Wovon redest du? Was kommt zu früh?«

»Das Baby«, erwiderte sie. »Es kommt.«

# 17

# Mehr, als eine Wiege das Schaukeln liebt

Ich versuchte, Heidi zu überreden, mich nach Hause fahren und Hilfe holen oder mich wenigstens an die Straße stellen zu lassen, um jemanden anzuhalten, aber sie war panisch.

»Bleib hier«, bat sie mich. »Ich kann das nicht allein.«

Ich versuchte, ihr beim Aufstehen zu helfen, aber sie meinte, gehen wäre zu schmerzhaft. Dann sah ich, dass ihr Kleid vorne nass war, und in dem Moment bekam ich richtig Angst.

»Keine Sorge«, beruhigte mich Heidi. »Das ist vollkommen normal.«

Aber ich hatte immer noch Angst.

Da Heidi sich nicht bewegen konnte, machte ich es ihr so bequem wie möglich. Ich sammelte Blätter und Kiefernnadeln, um ihr ein Bett zu machen, auf das ich die Abdeckplane vom Ruderboot legte. Dann zog ich mein Sweatshirt aus und rollte es zu einem Kissen zusammen. Heidi schwitzte und stöhnte, und manchmal, wenn der Schmerz zu schlimm wurde, stieß sie einen Schrei aus.

»Sag mir, was ich tun soll«, sagte ich. »Ich weiß nicht, wie ich dir helfen kann.«

»Bleib bei mir«, flehte sie.

»Versprochen.«

Ich hielt ihre Hand, und als sie weinte, weinte ich auch. Die Schmerzen kamen in immer kürzeren Abständen, und dann rollte plötzlich Heidis Kopf zurück, und sie fing an, komisch zu atmen.

»Fertig, fertig, fertig, Heidi, psst«, sagte sie. »Fertig, fertig, fertig, Heidi, psst.«

Ich wusste, das hatte Heidis Mama immer gesagt. Dann sagte Heidi plötzlich Sachen, die überhaupt keinen Sinn ergaben.

»Heidi ... Dette ... Hallo«, stöhnte sie.

»Was?«

»Soof ... Psst ... Tee.«

»Tut mir leid, Heidi«, sagte ich. »Ich versteh dich nicht. Bist du durstig? Ich kann dir Wasser aus dem See holen, aber es ist vielleicht nicht sauber.«

Heidi schüttelte den Kopf und stöhnte wieder.

»Raus ... Mehr ... Bis bald.«

Dann wurde mir klar, was Heidi machte. Sie sagte die Worte von der Liste, die an der Schranktür hing! Heidi konnte sie auswendig, genau wie ich.

»Los ... Gut ... Wieder«, sagte ich.

Heidi blickte zu mir hoch und nickte. Ihre Augen strahlten noch blauer als sonst. Als scheine ein Licht durch sie.

»Blau … Schön … Jetzt«, sagte sie.

Auf der Liste standen dreiundzwanzig Wörter. Heidi und ich sagten sie immer wieder auf, rezitierten sie der Reihe nach, und wenn wir fertig waren, fingen wir von vorne an. Nach einer Weile war sie zu erschöpft, deshalb sagte ich die Worte für sie, weil ich wusste, sie brauchte gerade ihre Mama mehr denn je.

Das Baby kam jetzt bald, und ich hatte keine Ahnung, was ich tun sollte, wenn es so weit war. Im selben Moment hörte ich jemanden den Pfad herunterkommen.

»Mama!«, rief Heidi.

Aber es war nicht Heidis Mama. Es war meine.

»Aurora!«, rief sie. »Wo bist du?«

»Hier, Mom! Beeil dich!«

Es war gut, dass sie in dem Augenblick kam, denn danach ging alles ziemlich schnell. Meine Mutter rief einen Krankenwagen, aber das Baby hatte eindeutig nicht vor zu warten.

»Bist du bereit zu pressen?«, fragte meine Mutter.

Heidi nickte und legte ihr Kinn auf die Brust.

»Stell dich hinter sie, Schätzchen«, sagte meine Mutter. »Und richte sie ein bisschen auf.«

Ich kroch hinter Heidi, und sie lehnte sich an meine Beine. Ich erinnerte mich nicht mehr, wo auf der Liste wir aufgehört hatten, deshalb fing ich von vorne an.

»Heidi … Dette … Hallo … Soof … Psst … Tee … Raus … Mehr …«

»Ihr macht das toll«, sagte meine Mutter. »Alle beide. Noch ein paarmal pressen, und dann haben wir's geschafft.«

»Bis bald ... Los ... Gut ... Wieder ... Blau ... Schön ... Jetzt ...«

»Tief einatmen«, sagte meine Mutter.

»Heiß ... Kuss ... Schlimm ... Nein ... M-m ... Au ... Fertig.«

Es war fast zu schön, dass Heidis Baby in genau dem Augenblick zur Welt kam, als ich das Ende der Liste erreicht hatte, aber so war es.

»Geschafft«, sagte ich, als das wunderschöne kleine Mädchen in die wartenden Hände meiner Mutter glitt.

*Fertig, fertig, fertig, Heidi, psst.*

# 18

# Mehr, als der Mond das Aufgehen liebt

Heidi und ihr Baby fuhren mit dem Krankenwagen ins Krankenhaus, meine Mutter und ich hinterher. Unterwegs riefen wir meinen Vater an, der vor der Notaufnahme auf uns wartete, als wir dort ankamen.

»Warum hast du mich nicht früher angerufen, Rube?«, fragte er meine Mutter.

»Das hab ich doch schon gesagt, Roy«, antwortete sie. »Ich wusste nicht, wo die beiden waren. Zum Glück haben sie die Fahrräder am Straßenrand liegen lassen, wo ich sie sehen konnte. Als ich dort ankam, fing Heidi schon an zu pressen.«

»Es war so unheimlich«, sagte ich. »Ich hatte Angst, dass sie …«

»Du hättest unser kleines Mädchen sehen sollen, Roy«, sagte meine Mutter. »Aurora war völlig ruhig.«

»Innerlich nicht«, sagte ich.

Mein Vater nahm mich in die Arme und drückte mich so fest, dass ich kaum Luft bekam.

»Ich bin stolz auf dich, Baby Girl«, sagte er.

»Dann sind wir schon zwei«, fügte meine Mutter hinzu.

»Bla, bla, bla«, sagte ich – und ich weiß nicht warum, aber wir mussten alle lachen.

Nachdem man Heidi und das Baby im Krankenhaus versorgt und gewaschen hatte, durften wir sie besuchen. Heidi lag im Bett, und Sophia schlief in eine Decke gehüllt friedlich in ihrem Arm.

»Wie soll ich euch je dafür danken?«, sagte Heidi.

»Wir sind so froh, dass es euch beiden gut geht«, sagte meine Mutter.

»Geht es Sophia gut?«, fragte ich. »Ich meine, du weißt schon, richtig gut?«

Heidis Eltern waren beide geistig behindert gewesen, und obwohl Heidi es nicht war, hatte ich mitgehört, dass meine Eltern sich Sorgen wegen des Babys machten, als sie von Heidis Schwangerschaft erfuhren.

»Rory«, sagte mein Vater und legte mir eine Hand auf die Schulter. »Vielleicht ist jetzt nicht die passende Zeit für Fragen.«

»Mich stört das nicht«, sagte Heidi. »Das war auch meine erste Frage, Aurora. Der Arzt sagt, es ist noch zu früh, um ganz sicher zu sein, aber –«

»Du wirst sie auf jeden Fall lieben«, sagte meine Mutter.

Heidi schaute ihr Baby an und lächelte. »Auf jeden Fall«, erwiderte sie.

»Wie viel hat Sophia gewogen?«, fragte ich.

»3200 Gramm.«

»Fast so viel wie der Katzenfisch, den ich gefangen habe, Dad, stimmt's? Nur dass Sophia viel süßer ist.«

Alle lachten.

Wir blieben nicht sehr lange, und als wir gehen wollten, wollte Heidi mich kurz allein sprechen.

»Ich möchte dir ein Geheimnis verraten«, sagte sie. »Aber du musst versprechen, es für dich zu behalten.«

»Okay«, sagte ich.

»Früher habe ich mir immer gewünscht, dass ich du wäre.«

»Wirklich?« Ich war überrascht.

Heidi nickte. »Dein Leben schien so perfekt, verglichen mit meinem.«

»Es hätte dein Leben sein können, wenn du bei Mom und Dad geblieben wärst«, sagte ich. »Sie hatten sich das gewünscht, weißt du. Vor allem Mom.«

»Das wäre unfair gewesen. Deine Mutter wollte ein eigenes Kind, und ich hatte schon eine Mama und außerdem Bernadette. Wenn ich bei deinen Eltern geblieben wäre, hätten sie sich mit mir begnügen müssen.«

Ich ließ diese Worte über mich hinwegspülen, und sie wischten meinen Schmerz fort, weil ich wusste, sie waren wahr.

»Wir hätten Schwestern sein können, wenn du geblieben wärst«, sagte ich.

»Das können wir immer noch«, erwiderte Heidi. »Dann könnte Sophia dich Tante Aurora nennen.«

Da war noch etwas, was ich loswerden musste.

»Es tut mir leid, dass ich am Anfang gemein zu dir war«, sagte ich. »Als ich dieses Foto sah, das du Mom geschickt hast, war ich sauer. In ihren Augen hab ich nur ein Wort gesehen: *Soof*.«

»Genau das sehe ich auch, wenn sie dich ansieht, Aurora. Aber mich macht das nicht wütend, sondern glücklich. Jeder verdient eine Mama, die ihn über alles auf der Welt liebt.«

Als Sophia aufwachte und anfing zu quengeln, kam eine Schwester herein und wies darauf hin, dass die Besuchszeit zu Ende war. Ich umarmte Heidi, und dann küsste ich Sophia auf den Kopf. Ihr Haar roch nach Frühling.

»*Soof*«, flüsterte ich in ihr hübsches winzig kleines Ohr.

Meine Eltern warteten draußen im Flur auf mich. Ich merkte, dass sie gern gewusst hätten, worüber Heidi mit mir hatte reden wollen, aber sie bedrängten mich nicht. Ich hätte ohnehin nicht gewusst, was ich ihnen sagen sollte. Ich musste eine Weile darüber nachdenken.

Mein Vater schaute noch kurz am See vorbei, um die Fahrräder mitzunehmen, während meine Mutter und ich zusammen nach Hause fuhren. Als wir vor dem Haus hielten, stiegen wir nicht gleich aus, sondern blieben noch sitzen.

»Du warst heute wirklich unschlagbar«, sagte sie.

»Ich weiß, das hast du mir schon gesagt«, erwiderte ich. »Woher wusstest du eigentlich, was zu tun war?«

»Damals in der Krankenpflegeschule habe ich einiges gelernt. Aber das ist schon lange her. Die meiste Zeit bin ich meinem Instinkt gefolgt. Außerdem hattet du und Heidi die harte Arbeit erledigt, als ich am See ankam.«

Wir verstummten beide kurz. Dann öffnete meine Mutter ihren Sicherheitsgurt und sah mich an.

»In letzter Zeit habe ich viel nachgedacht«, sagte sie.

Ich spürte, wie sich mir die Kehle zuschnürte.

»Worüber?«, fragte ich.

»Über dich.« Sie nahm meine Hand und verschränkte ihre langen glatten Finger mit meinen. »Ich war achtundvierzig, als du geboren wurdest. So spät im Leben ein Kind zu bekommen ist mit Risiken verbunden. Ich bin sie eingegangen, ohne mir Gedanken zu machen, was das für dich bedeuten könnte. Das war egoistisch von mir.«

»Was willst du mir damit sagen, Mom? Du glaubst, es ist dein Fehler, dass ich komisch bin?«

»Du bist nicht komisch.«

»Doch, bin ich! Deswegen bist du mit mir zu den vielen Ärzten gegangen, oder nicht? Du wolltest von ihnen erfahren, was nicht mit mir stimmt.«

»Wenn du es so ausdrückst, klingt es schrecklich«, sagte sie. »Ich wollte, dass alles einfacher für dich wird.«

»Erinnerst du dich noch, was du vorhin über Sophia gesagt hast? Du hast gesagt: *Du wirst sie auf jeden Fall lieben.*«

»So empfinde ich für dich«, sagte sie. »Schon immer.«

»Ich weiß. Also mach dir keine Vorwürfe und hör auf, so eine Sorgenliese zu sein. Ich bin in Ordnung, so wie ich bin, also finde dich bitte damit ab.«

»Erinnerst du dich noch an den Tag, als wir bei Dr. Harris waren und er sagte, dass nicht alles einen Namen hat?«, fragte meine Mutter. »Du hast geantwortet: *Ich habe einen Namen. Aurora.*«

»Ganz schön klug für so ein kleines Kind, hm?«

»Ja«, erwiderte sie. »Ziemlich klug.«

Ich machte den Sicherheitsgurt auf und wollte die Tür öffnen, hielt dann aber inne.

»Hey, Mom«, setzte ich an. »Wenn ich dir eine Frage stelle, versprichst du, mir eine ehrliche Antwort zu geben?«

»Versprochen.«

»Findest du mich komisch?«

Sie sah mich an, und ihre Augen funkelten.

»Ein bisschen«, sagte sie.

Aus einem unerfindlichen Grund fingen wir beide an zu lachen und kriegten uns gar nicht mehr ein. Tränen liefen uns über die Wangen, und als mein Vater mit den Fahrrädern hinter uns einbog, schnappten wir nach Luft. Er klopfte ans Fenster, und meine Mutter öffnete es.

»Was ist denn mit euch los?«, fragte er.

»Nicht viel«, erklärte sie ihm. »Nur zwei streunende Katzen, die sich miteinander wohlfühlen.«

# 19
# Mehr, als ein Hund das Buddeln liebt

Eine Woche später flogen Heidi und Sophia nach Hause. Mein Vater fuhr sie zum Flughafen, und ich saß auf der Rückbank mit Sophia. Sie wuchs so schnell, dass der kleine Strampelanzug, den meine Mutter ihr gekauft hatte, schon langsam zu eng wurde. Im Radio lief ein Song, etwas Wehmütiges auf dem Country-Western-Sender, und eine Textzeile prägte sich mir ein: »I love you more than a bird loves to sing.«

Ein paar Tage später kam mein Vater von der Arbeit nach Hause und holte sein Handy heraus.

»Sieh dir das mal an, Rory«, sagte er.

Er scrollte durch seine Fotos, bis er gefunden hatte, was er suchte. Es war ein kleiner schwarzer Welpe mit einem weißen Streifen, der in der Mitte seines Gesichts nach unten verlief.

»Auf dem Bauernmarkt war heute eine Frau mit einem frischen Wurf, und als ich diesen kleinen Hund gesehen habe, fragte ich sie, ob sie den behalten könnte, bis ich mit dir gesprochen habe. Wenn du ihn willst, gehört er dir, Baby Girl.«

Der Welpe sah genauso aus wie der Welpe, den ich mir gewünscht hätte, wenn ich einen Welpen gewollt hätte – aber ich wollte nicht.

»Es ist noch zu früh«, sagte ich, und weil mein Vater nun mal der Mensch war, der er war, nickte er und steckte sein Handy wieder ein.

Im Juli stand der Geburtstag meiner Mutter bevor, und ich konnte es kaum erwarten, ihr mein Geschenk zu geben. Es war ein großes Glas mit 1527 Jelly Beans. Vor Heidis Abreise hatte ich sie gefragt, ob sie noch wisse, welche Farbe die sechs Jelly Beans gehabt hatten, die sie gegessen hatte.

»Wie viele verschiedene Farben gab es denn?«, fragte sie.

»Sechs.«

»Wahrscheinlich habe ich dann von jeder Farbe eine gegessen.«

»Genau das hätte ich auch gemacht«, sagte ich.

Ich musste meinen Vater um einen Vorschuss auf mein Taschengeld bitten, damit ich das Glas und die zehn großen Tüten Jelly Beans bezahlen konnte, die hineinpassten: 423 rote, 393 orangefarbene, 276 grüne, 221 gelbe, 115 schwarze und 99 pinkfarbene.

Meine Mutter weinte, als ich ihr das Glas schenkte, genau wie ich gehofft hatte.

Die ganze Woche war es heiß und schwül gewesen. Meine Mutter hatte keine Lust, irgendwohin zu einem feinen Geburtstagsessen zu gehen, deshalb bat sie meinen Vater, auf dem Heimweg von der Arbeit Grillhähnchen zu besorgen.

Am nächsten Morgen lagen die Wunschknochen zum Trocknen auf der Fensterbank.

Es war eine Weile her, seit ich von Duck geträumt hatte, aber manchmal sah ich ihn in den Wolken. Er fehlte mir immer noch wie verrückt, aber irgendwann legte sich der Schmerz ein wenig, und das Loch, das er hinterlassen hatte, wurde von Tag zu Tag kleiner. Es würde nie ganz verschwinden, und das wollte ich auch nicht. Die Erinnerung an Duck lebendig zu halten war das Mindeste, was ich tun konnte, nach allem, was er mir gegeben hatte. Einen guten Freund zu verlieren ist nie einfach.

Da ich Duck nicht begraben konnte, wählte ich eine Stelle aus, an der er gern gebuddelt hatte, und türmte einen kleinen Steinhaufen auf, um den Ort zu markieren, wo ein Stück meines Herzens immer liegen würde. Ich hatte ein paar Wildblumen gepflückt, aber statt sie zu einem Strauß zu binden, benutzte ich die Blütenblätter und Stängel, um das Wort *Soof* zu legen. Ich hatte das Gefühl, dass ich etwas sagen sollte, aber da mir nichts einfiel, schloss ich die Augen und dachte an Duck, bis mir die Textzeile von diesem Lied wieder einfiel.

»Ich liebe dich mehr, als ein Vogel das Singen liebt«, sagte ich leise.

Und weil mir das nicht genug schien, machte ich einfach weiter und erfand neue Verse.

»Ich liebe dich mehr, als ein Hund das Buddeln liebt. Ich liebe dich mehr, als ein Fisch das Schwimmen liebt. Ich liebe dich mehr, als eine Glocke das Läuten liebt ...«

Die Sätze sprudelten nur so aus mir heraus, denn wenn man jemanden so liebt wie ich meinen Hund, gibt es nicht genug Worte, um ihm zu sagen, wie man empfindet.

# 20

## Mehr, als eine Seite das Umblättern liebt

Eines Morgens Mitte August lag ich hinten auf dem alten Pick-up, betrachtete die Wolken und dachte an nichts Besonderes, als ich jemanden rufen hörte.

»Hallo? Hallo?«

Ich setzte mich auf und sah ein Mädchen mit einem Fahrrad in der Einfahrt stehen. Sie hatte eine blaue Haarsträhne und ein Paar Katzenohren auf ihrem Kopf befestigt.

»Entschuldige«, sagte sie und schob mit dem Knöchel ihre violette Sonnenbrille nach oben. »Hast du was dagegen, wenn ich aus eurem Schlauch trinke? Ich bin völlig ausgedörrt.«

»Hast du dich verfahren?«, fragte ich.

»Nein. Ich bin nur durstig.«

»Willst du vielleicht lieber ein Glas Wasser?«

»Nein, danke. Ich bin übrigens Rosemary. Rosemary Jordan. Wir sind gerade aus Kalifornien hierhergezogen.«

Ich kletterte vom Pick-up und öffnete den Hahn, damit Rosemary trinken konnte.

»Mmmmmmm«, sagte sie und wischte sich den Mund mit dem Handrücken ab, als sie fertig war. »Nichts schmeckt mehr nach Sommer als Wasser aus dem Schlauch.«

»Und was ist mit Limonade?«, fragte ich.

»Auch nicht übel«, sagte sie. »Sag mir die Wahrheit: Findest du, dass ich dicke Beine habe?«

Ich betrachtete ihre Beine, die sehr lang und äußerst dünn waren.

»Nein«, antwortete ich und tippte auf meine Nase. Ein-, zwei-, dreimal. Irgendwie war es seltsam, dass ein vollkommen fremdes Mädchen diese Frage stellte, was mich vermutlich nicht hätte überraschen sollen, wenn man bedenkt, dass diese Frage von jemandem mit einer blauen Haarsträhne und Katzenohren kam.

»Das war in echt bloß ein Test«, sagte sie. »Ich weiß, dass meine Beine dünn sind. Ich wollte bloß sehen, was du sagst.«

»Hab ich den Test bestanden?«

»Musstest du gar nicht. Ich mag dich schon, weil du mich aus eurem Schlauch trinken lässt. Wie heißt du eigentlich?«

»Aurora Franklin.«

Sie dachte kurz darüber nach.

»Vierzehn Buchstaben«, sagte sie. »Genau wie ich!«

Ich fragte mich, wie sie das so schnell ausgerechnet hatte.

»Ich bin beängstigend gut im Rechnen«, sagte sie und beantwortete die Frage, bevor ich die Chance hatte, sie zu stellen. »Und auch im Buchstabieren. Aber bei Gesichtern bin ich echt schlecht.«

»Du meinst, sie zu zeichnen?«, fragte ich.

»Nein, sie zu lesen«, antwortete sie. »Das ist echt eine Qual. Ich kann nie sagen, was jemand empfindet. Falls du es noch nicht gemerkt hast, ich bin autistisch. In Kalifornien ist das jeder.«

»Wirklich?«

»Na ja, vielleicht nicht *jeder*, aber viele. Du weißt, was autistisch ist, oder?«

»Ja. Meine Mutter hat eine Zeit lang auch geglaubt, ich könnte so sein, aber dann hat sich herausgestellt, dass ich nur komisch bin.«

»Gut«, sagte Rosemary. »Ich mag komische Leute. Dir ist klar, dass du dein T-Shirt linksherum anhast, oder?«

»Ja.«

»Lass mich raten. Hat was mit dem Etikett zu tun, stimmt's?«

»Sogar wenn meine Mutter sie rausschneidet, spüre ich sie noch. Sie kratzen.«

»Etiketten machen mir nichts aus«, sagte Rosemary, »aber ich hasse Socken. Die geben mir das Gefühl zu ersticken. In welche Klasse gehst du eigentlich?«

»Komme in die sechste«, erwiderte ich.

»Ich auch! Willst du heute Nachmittag zu mir kommen? Meine Mutter backt Schokokekse, und wir haben ein Trampolin hinten im Garten. Ich kann dir total gut beibringen, wie du im Sitzen landest.«

»Geht leider nicht«, sagte ich. »Ich hab Hausarrest.«

Ungefähr eine Woche nach Heidis Rückkehr nach Reno

war mir Lindsey Toffle im Dairy Queen über den Weg gelaufen. Ich wollte mich gerade mit meinem Eis hinsetzen, als sie mich entdeckte und herüberschlenderte, um mir ein paar goldene Worte zu verkünden.

»Ich sag dir das in deinem eigenen Interesse, Aurora Franklin. Mein Vater ist ein Fachmann, und er sagt, dein Hund hat sich wahrscheinlich in dem Feuer verletzt und ist zum Sterben in den Wald gelaufen. Er sagt, das machen Hunde immer, und danach kommen die Truthahngeier. Ich dachte, ich tu dir einen Gefallen und sag dir das, damit du deine Zeit nicht mit dem Aufhängen von Handzetteln verschwendest. Wenn die Geier dann fertig sind, willst du deinen Hund gar nicht mehr sehen.«

Mir blieb keine Zeit, um darüber nachzudenken, ob es eine gute Idee war, Lindsey Toffle wüst zu beschimpfen, bis es zu spät war. Wahrscheinlich war es falsch, solche Sachen zu sagen, vor allem in der Öffentlichkeit, aber es war eins der befriedigendsten Dinge, die ich in meinem Leben je getan habe, auch wenn ich dafür einen Monat Hausarrest bekam.

Rosemary trank noch einen Schluck aus dem Schlauch. Ich probierte es auch, aber es schmeckte mehr nach Gummi als nach Sommer.

»Übrigens«, sagte Rosemary, »du hast nicht zufällig ein paar Hundekekse?«

Ich spürte ein Stechen.

»Oh«, sagte ich. »Hast du einen Hund?«

»Nein«, erwiderte sie, »aber auf dem Weg hierher hab ich so

einen dünnen Hund die Straße entlanghumpeln sehen, und er sah aus, als wäre er irgendwie hungrig.«

Ich hatte fast Angst zu fragen.

»War er schwarz und hatte ein rotes Halsband?«

Sie wirkte überrascht.

»Ja«, sagte sie. »Kennst du ihn?«

Mich interessierte nicht, ob ich für den Rest meines Lebens Hausarrest bekam. Ich flitzte los wie ein Kaninchen auf der Flucht. Das musste er sein.

»Warte doch!«, rief Rosemary.

Obwohl ich nicht wollte, wurde ich langsamer und wartete, bis sie mich eingeholt hatte, denn, na ja, das machen Freunde, oder?

Manchmal frage ich mich, ob das, was uns widerfährt – gut oder böse –, uns nicht ohnehin widerfährt und wir es Glück oder Bestimmung oder Schicksal oder Karma nennen, damit es sich nicht ganz so willkürlich anfühlt.

Ich weiß nicht, ob es vor all den Jahren Glück war, das Heidi half, beim Münzenwerfen zehnmal hintereinander richtig zu raten. Ich weiß nicht, ob es Glück war, das mich den Armen der Mutter übergab, die ihr ganzes Leben auf mich gewartet hatte. Aber ich weiß, wenn eine neue Freundin genau an dem Tag vor deiner Tür erscheint, an dem ein alter Freund endlich nach Hause kommt, verschwendest du keine Zeit, um herauszufinden, wie man das nennt.

Nicht alles hat einen Namen.

# Dank

Mein Dank geht an die vielen Menschen, die mich während des Schreibens an diesem Buch unterstützt haben. Vor allem danke ich meinem liebevollen, geduldigen Mann Jim Fyfe für die Stunden, in denen er mit mir über diese Geschichte gesprochen hat. Ich habe dich geliebt, bevor ich dieses Buch schrieb, und liebe dich jetzt noch mehr. Dank auch an meine Mutter, Frances Weeks. Dank an Garry Williams, David Mathis, Chief Howard Reiss, Abby Gaebel, Pam Munoz Ryan und Cynthia Lord für eure freundliche Hilfe und klugen Ratschläge und an meine unvergleichliche Agentin Holly McGhee für ihren anhaltenden Glauben an mich. Mein besonderer Dank geht an meinen brillanten Lektor David Levithan, der sein Versprechen gehalten hat, am Ende des Tunnels mit einer leuchtenden Laterne in der Hand auf mich zu warten. Ohne euch alle hätte ich es nicht geschafft.

Soof,
Sarah

**Sarah Weeks**, 1955 in Michigan geboren, ist Autorin zahlreicher preisgekrönter Romane und schreibt seit mehr als zwanzig Jahren Kinderbücher. Daneben besucht sie Schulen, gibt Schreibworkshops für Kinder und Erwachsene und unterrichtet Kreatives Schreiben. Sarah Weeks lebt in Nyack und in Jeffersonville im Bundesstaat New York. Im Hanser Kinderbuch erschienen bereits ihre Bücher *So B. It* (2005) und *Jamies Glück* (2007).

**Brigitte Jakobeit**, 1955 geboren, studierte Anglistik, Romanistik, Germanistik und Biologie und arbeitete als Journalistin und Redakteurin. Seit 1989 übersetzt sie aus dem Englischen, für Hanser zuletzt u. a. die Bücher von Sarah Weeks, Joyce Carol Oates und Rainbow Rowell. Sie wurde mehrfach mit dem Deutschen Jugendliteraturpreis ausgezeichnet und ist aktuelles Mitglied der LUCHS-Jury der ZEIT. Brigitte Jakobeit lebt in Hamburg.